BEYOND JET-LAG:

OTHER STORIES

CONCHA ALBORG

INDEX

A WORD TO THE READER. A LOS LECTORES

My first book of fiction, *Una noche en casa*, consisted of twenty short stories all told by a female narrator who, like myself, grew up in Spain and, as an adult, reflected on her years in her mother country. The stories in this book are told by the same narrator, but she has changed her point of view since I'm more entrenched in the American culture, my host country, where I live and work in a state "beyond jet-lag" because the trip is finished, the "nights at home" are spent here now, even though it isn't my original home. Sometimes I think that I belong flying over the Atlantic, either not quite in Spain yet, but anticipating —though in some ways fearing too— the trip. Or coming back relieved that I don't have to live there any more because I really couldn't have stayed one day longer; my relatives were driving me crazy or I missed whomever I had left behind this time.

So, exactly, who am I? I want to be American when I'm here, Spanish when I get there. Actually, it works just the opposite and I know it. I'm still Spanish while in the States thanks to my tell-tale accent and I seem American when I travel back to my mother country betrayed by my clothes or my haircut. Am I both? Am I either, or neither? It all depends. It could be something as simple as how much sleep I got the night before; a bad night can thicken my accent as much as a prolonged visit from a fellow Spaniard. Or, like this book, it turns out that I'm a complex mixture of feelings and experiences of the two cultures. But my immigrant background, more than any other factor, defines me and makes me who I am today.

Take the answering machine as an example, a not so silent witness to my cultural schizophrenia. First I leave a casual message in English: "You know how these things work, leave a message or call back later." Then I give my complete name and phone number in Spanish with detailed instructions. The problem is that, when I listen to my recording, I detect a Spanish accent in the part in English and I've used an American construction in my native language: "Es Concha" instead of "Soy Concha." The lesson I've learned from this is not to listen to my own message, I never know who's going to appear!

Whether I like it or not, Spain has become a point of reference, a contrast to life in the States where I fit well enough, but where I'm different, starting with the already mentioned accent which promptly identifies me as "other" — my legal status in the ethnic background census questionnaires. Latina in some ways, but not from the Hispanic countries that are better known to the American reader — Cuba, Mexico, Puerto Rico — yet linked to them by culture and language. A language that I have to abandon sometimes to be understood even if I don't fully do so myself.

This is the reason some of these stories are in English, they take place in this language, while others are still in my native Spanish. It isn't just because I speak two languages, but rather because I live between two cultures, some of the relationships and events take place in one language and some in another. This happens with my journals, which I faithfully keep; I have several written in either language. Just like there are days when I don't speak a word of Spanish and others when I have trouble with my English because some relatives are visiting, or I have been reading, thinking, teaching Spanish all day and I feel somewhat more jet-lagged than usual. In some ways the experience of reading in two languages will, hopefully, mirror living within two cultures.

You may think that a translation side by side, a bilingual edition so to speak, could be the perfect solution, but that would open another can of worms entirely. Take the expression "jet-lag" of the title, it doesn't have a translation into Spanish; a "desajuste de horario" hardly captures the trauma implicit in the English "jet-lag." I guess there isn't a big time change when Europeans travel within their own continent. I just found out that in Chile they do have such an expression: "mareo de tierra" it's called; "seasick on land." Now, that is more like it!

"Other stories" too, because these share some traits and characters with the earlier ones of *Una noche en casa*, yet, are different. They may also share some of the problems. Even when I say that these stories are fiction, they are loosely based on my own life experiences. I'm interested in those transformations of the self that change life into literature; I like using different strategies to camouflage people and events. But it seems that some members of my family are very offended by their portrayal, even when I tell them that it isn't them, that they are now characters in a book and nothing more. I wanted to share with them the anecdote that Vargas Llosa told at a dinner at the University of Pennsylvania, when his own family was ticked-off at him after writing *Aunt Julia and the Scriptwriter*, at least they are in good company. So I repeat it, this is fiction, not strictly memoirs or my autobiography. If they see themselves in these stories, it may be a trick of their imagination in which case they should try their luck and write their own stories as aunt Julia finally did.

This book is dedicated to Peter, my muse, my anchor here and my wings to there.

LUNCH AT THE CHICAGO ART MUSEUM

Learning English became the most important issue of our family life. The language itself was the single, differentiating factor among us, and between us and the Americans. The minute we opened our mouths, we were foreigners, and that we did quickly and often. Like to answer the mantra question of "Where are you from?"
—Espain, we'd answer in chorus.
—Really? Oh! I love Mexico! I was there once...
—No, no, no, Espain, in Europe, south of France, we'd tried to explain according to our levels of expertise, interrupting the friendly, but naïve Anglos.

But more often than not we were not united in any way by language, rather the other way around. My parents were like a comedy team, he could speak better than she, given his superior education and she could understand thanks to her female intuition. People would quickly figure this out and would tell my mother to explain something to my father which infuriated him to no end. He'd shove her out of the way:
—¡Quita, quita, mujer! ¿Qué vas a decirme tú a mí?

Until he had to call her over, sheepishly, to translate. He encountered the most problems with working-class people, gas station attendants in particular. They chew up their words, he'd say, it's like they have a mouth full of hot dog or something. My brother and I teased him that he didn't understand anyone who didn't have a Ph.D., which was almost true. The more education, the better, and if they had a British accent, then he was in business, that was the real English he had heard in Spain. Why? he had learned from the best set of Berlitz records on the market!

Since we had left our country during a time of strict censorship, my father was especially hungry for sexually explicit movies. Often he and my mother would go to the Seattle red-light district to see a racy film, we could hear them argue when they'd get home. My mother used to interpret some passage for him and he'd shush her with the pretense that the children could hear the sexy story, but we knew he was mortified by her superior language skills.

And it wasn't that she was so good, her speaking ability was unreliable at best. There were some words that just escaped her and would cause no end of embarrassment to my brother and me. She'd say Jesus! with a lot of emphasis when people sneezed, no matter how many times we'd tell her that it was not nice in English. You need to say Gesundheit.
—These kids! Just what I needed, to learn some German now too!

When she was in a crowd, she often confused "excuse me" with "squeeze me," at that point my brother and I, embarrassed teenagers, would pretend we didn't know who she was.

But the biggest competition by far was between my brother and me. He had studied English for several years in Spain and from the minute we learned that we'd be coming to this country, he took pride in how well he knew the language and how much he could teach us all. My father suggested he listen with him to the Berlitz records, but he was well beyond that, he assured us. As for me, on the contrary, I had gone to a French nun school and I viewed the trip to the States suspiciously, as if my family was intent in showing me how much better than I my brother was. I remember when we were practically off the plane in New York, during our first days of sight-seeing before flying out West, when I saw the words "thank you" written on a Woolworth's door and my brother read them out loud as he often did to educate me. I knew better than to exclaim that according to my Castilian pronunciation, I thought it was spelled "zenkiu."

Once we were here, though, to everyone's surprise, I picked it up very fast. I couldn't go directly to high school, where I'd have been in my last year, I was sent instead to a vocational school where I learned English in a class full of Asian immigrants. It was great fun, despite the long days, six hours daily of constant English! Our books were full of pictures, games and crosswords puzzles, it was like playing, really. A long ways from the old fashioned texts of the French nuns. My mother joined me for a while, but dropped out when I was moved up to a higher level.

My first friends in America were these other foreigners. For awhile I'd pronounce some words with an Asian accent. We exchanged stamps, got together after school and discovered Seattle going to import shops and showing each other souvenirs from our respective countries. Yes, we also snuck in an x-rated movie once in a while. There were activities at school too. We shared our traditions and cooked foods from our home countries. This gave me a chance to explain that no, we didn't have tacos and tortillas in Spain (well, we did, but it meant something else, tacos was a dirty word and a tortilla was an omelette). I was shocked when I was asked to dance flamenco (or flamingo as I thought they pronounced it) when what I loved was the twist and some rock-and-roll. I guess I wasn't a very good Spaniard even then.

Soon I realized that both my mother's intuition and my brother's educated guesses were often wrong, but, like they say, one is never a prophet in her own home and I was not allowed to interfere. I had to wait just a few more months when we were told that some of us would be dismissed before the end of the school year in order to be official translators at the Seattle World's Fair which was opening that spring. To this day I'm convinced that my brother's frustration in this country and his anger towards me started to solidify with this event. Here I was the dumbest of sisters, in his opinion, with a job, earning dollars and, above all, translating, adding insult to injury. He hadn't flunked out at the University yet, but was practically house-bound with a broken ankle from playing soccer.

Unfortunately, I wasn't allowed to stay all summer in Seattle translating as I wanted. My father had planned to take us on a cross-country trip and take a trip we did.

Our first car in the States had been a big, yellow, used Mercury, a long way from the regulation Seat 600 we had in Spain. We couldn't believe our luck, and the gas was so much cheaper! We lived in Union Bay, in faculty housing close to campus, but away from everything else in typical American style. My brother, with his brand-new license, would drive us around to the supermarket, Woolworth's (where I bought my first bras). Any excuse to get behind the wheel. It was amazing that there weren't buses here and people didn't walk in this country. My father took me to school in the mornings. It was on the first snowy day, one of the few we saw in Seattle —despite the fact that we had come prepared for snow since we were going to be so close to Canada— on a steep hill, where the Mercury ran into a telephone pole and we had to get rid of it. People didn't fix cars over here. We just bought another second-hand car even better than the first, a white Plymouth with red interior and huge fins.

It was a long trip despite the roomy car, we had the cat along too, a butterball named "Kitty" which we thought so original. Our first scenic stop was Glacier National Park, we timed our exit to arrive there on its opening day, June 1st, I believe. It was indeed beautiful, but snow covered still and with many frozen roads to go through. Its mountain tops were magnificent, but I couldn't help focusing on some old cars that had left the road and were half hidden in the snow, hanging in the cliffs. The truth is that the accident with the Mercury was fresh in my mind and I was terrified of driving in the snow. I was pretty calm, as long as it was daylight, sitting in the back seat with my mother and the cat, while my father and brother took turns at the wheel. But as evening came, we were on some lonely road before reaching Helena, when it began to snow hard and I was petrified.

My mother started reading out loud the road signs with terrible pronunciation, but good enough that I could understand her.

—What does it mean slippery when wet?

—Here it says ice on the road!

—Ten miles of dangerous curves, careful, Juan, or Nene, when my brother was driving.

—Sharp turn to the left, trucks use lowest gear!

—Shut up Mamá, I was close to hysterics, crying, sobbing really, confirming my brother's opinion that girls were all sissies. I'm convinced that I saved their skin that day. My father finally stopped in a motel in the middle of nowhere because he couldn't stand to hear the screaming and directions coming from the back seat any longer. Perhaps he remembered his sudden stop at the telephone pole too. The next morning it was beautifully clear and all the snow had melted off the road. For once we were all in agreement:

—Only in this country could it snow in June!

My father got us in trouble reading road directions as well. His specialty was to read signs on the access road to the freeways while my brother was driving at high speeds, making him think that we had taken the wrong turn and we needed to veer off immediately with the ensuing argument about who understood what and who didn't. How we managed to return to Seattle safe and sound on time for the next school year, I don't know. It's a true American miracle, an immigrant success story at its best. We went as far north as Niagara Falls, as far south as Washington D.C., then across the big plain states to the Grand Canyon, from there to Southern California, through San Francisco, all the way up the coast back to Seattle, our home next to Canada.

Sometimes I wished my family could quit learning English, the competition was so fierce among us and all we did was quarrel. We would stop at every spot marked "The World's Largest" anything: snake museum, gem store, Indian artifacts, ghost town, echo mountain, exotic zoo, abandoned gold mine. We were afraid to miss something important. I wasn't even interested in any more family adventures. I had wanted to stay at the World's Fair where I was someone on my own right. Just when I had struck a friendship with a Chinese guy from my school and had met a Spaniard I liked, from Valencia no less, in the Spanish official delegation. What was I doing in that long, awful trip, sitting with my mother and a cat in the back of an old, hot car that rocked like a boat and made me dizzy, listening to my know-it-all brother and father argue?

Some days were fun though. I liked Niagara Falls where we wore big, yellow raincoats and stood under the falls completely silenced for a change by the roar of the water. To this day I remember the awe we felt at the Grand Canyon, the stunned amazement at Sequoia National For-

est. As my father said, nature was the oldest
protagonist in this country, no point looking for
cathedrals or cultural museums, we had plenty of
those in Spain. I didn't fully appreciate that
memorable trip until many years later, when I
would take my own daughters on family vaca-
tions in the comfort of our air-conditioned car
and point out to them the beautiful sights while
they just wanted to be taken to the Hollywood
studios or Disneyland. Now I understand the
value of my parents endless curiosity about a
new country which they so badly wanted to share
with their children.

Just last year Peter and I went out West to
visit the Navajo Nation and we marveled at Mesa
Verde, Acoma Pueblo, the Painted Desert, the
Petrified Forest. We saw some of the most beautiful sunsets and hiked several smaller canyons
that I quickly compared to the ones I saw on my
first cross-country trip. I told my husband how
we stopped to visit Ramón Sender who lived in
exile in Albuquerque, my father wanted to meet
him since he had written about him. I could see
that he was an eccentric old man, living with a
young woman who had been his student and I
wonder now if he was a model for my dad years
later, but that's another story.

An important consideration and another
matter of continuous discussion during our trip
back then was our meals. At home we ate practically Spanish style, my mother cooked a big
lunch for my dad at mid afternoon and, particularly if we had guests, we had some traditional
dish like paella or cocido madrileño for dinner.
My father despised American food, he lived in
fear of finding himself in front of a hamburger or
a hot dog. He ridiculed the slices of Wonder
bread calling them cotton balls. On the road it
was a challenge to find him a meal he would eat
without complaining or saying that he'd rather

17

eat cat food. Luckily we discovered pizza which he liked and we could eat it every single night in its many variations. Once in a while he'd eat fried chicken, but he soon got tired of that too. My brother and I were in charge of finding good places to eat, my mother had lost her appetite with all the bickering going on.

I remember that it was a Sunday, we were in Chicago and my father was particularly hungry that day. We had planned to visit the Art Institute, finally a cultural place worth our attention. We had trouble finding a place to park the Plymouth, we worried about the cat in a hot car. In retrospect, I wish I had stayed keeping it company. My father decided that we'd eat lunch at the museum, certainly they would have a good restaurant there. I remember nothing about the exhibits we must have seen. I'm pretty sure my father lectured us about "pointillisme," ironically, in front of Georges Seurat *Sunday Afternoon on the Island of la Grande Jatte.* Perhaps we admired Picasso's *Blind Guitarist* which, now I know, would have been even more ironic considering that it was a portrait of the artist's father who's aesthetic views Picasso no longer shared. We probably looked at their American collection since that was our mission, but all this was obscured by the awful Sunday lunch.

The tension at our table was looming from the moment they brought us the long menus and my father said that since my brother and I liked American food and were so smart and knew so much English we could translate helping him find something he'd like. Unfortunately for us there was no pizza on that menu. We did see a steak, Salisbury steak it said. He wasn't a big meat eater, but he was hungry enough that day.
—Yes, he agreed. This is probably a fine place for steak and who could screw up cooking a big steak? Meat was very good in America, not like

that horse meat that Franco had been feeding us in Spain.

When the server brought the Salisbury steak and placed it on the table, my father was silent for a brief moment. He looked at it and poked it with his fork to confirm that it was indeed a hamburger in disguise. Then he started screaming at us, at the top of his lungs, telling us how stupid we were, how our English was no better than his, how we had let him down yet another time. He couldn't eat this days-old meat covered with shit, as he was sure it was. I wanted to say that the cat would eat it, but I knew better than to open my mouth then. We had all lost our appetites, we couldn't have eaten anything, even if one of my mother's tasty potato omelettes had appeared as if by miracle on the spot. How were we supposed to know that a Salisbury steak was ground beef covered with a gooey, runny, brownish sauce? Nothing had prepared us for this, not the fine preparatory school in Madrid, not the best Berlitz records, not even a vocational school full of immigrants learning English.

A FALSE PREGNANCY

Much of the communication that I now have with my father takes place over the telephone. Throughout the years, for whatever its worth, even when we'd hardly see each other because we had a bad argument, or simply for logistic reasons, we'd continue to call. I am afraid of his pen, on one occasion I even refused a letter he sent me which I knew would be incendiary, an emasculating act that ticked him off to no end. Not that our conversations are always so great, we mainly talk about the weather and his dogs.

Like all so-called dysfunctional families, we have lots of secrets and silences that we don't speak about. We don't talk about my brother or the grandchildren in Spain and hardly ever mention my poor mother, but he doesn't seem to notice. I guess that in Spanish terms we are a normal family while we are labeled as dysfunctional by American Psychiatric Association standards. For me, part of the problem is that I don't know whether to look at our situation from a Spanish or an American perspective. Most of the time I'm pretty good about avoiding conflict —an example of normal/dysfunctional behavior— and I stick to the weather.

It's always very close to a tragedy: it's so cold that the roads are covered with ice and he is almost out of bread, it has snowed so much that he can't even get to the mailbox or walk the dog, there is a tornado warning and they are sitting in the basement waiting for their house to blow over any minute, it's thundering and lighting so severely that he needs to hang up immediately, it hasn't rained all summer and he has lost two more trees in his front lawn, it has rained so much that the entire southern part of Indiana is flooded and Marielle would not be able to take care of her parents.

—But, are they sick again? I grab any thread I can, hoping to change the subject.

—No, mujer, no. But they could get sick unexpectedly and she would need to drive to North Carolina.It's so windy that a tree fell down in the back yard and almost hit the house, it's so hot that the air conditioner has broken down and back again to it's so cold...

He takes great pleasure in warning me that whatever weather he is having is coming our way, it should be in Philadelphia within the day and then I'll see if it's as bad as he says or not, he can detect the sarcasm in my voice. Sometimes I humor him and call with my own weather disaster, like the time that Gloria hit, hurricanes are one thing that he doesn't have in Indiana. School was closed, the whole city was shut down, luckily I was prepared, I had candles, water, batteries and plenty of bread, but our basement had completely flooded and, since we lost the electrical power, our sump pump didn't work. It was the most awful wind and storm I had ever seen... And my father is proud of me then, commiserating about the terrible weather extremes in this country.

He always has a small television on top of the refrigerator that is tuned to the weather channel, surprises are not to his liking and if a storm is coming, he probably needs to go out and get some bread just in case. I hate to admit that genetics must have played a trick on me and I pay more attention to the weather than anyone at home. I'm in the closet about it, though, so to speak. I don't tune in to the weather channel yet, but I like to read weather-related catastrophes in the paper that I later report to my father and I even get a bit hungry for bread with a bad forecast. I guess I've become an enabler or a good daughter, whichever side of the ocean you are on.

The dogs are another story, equally unpredictable and dramatic. Bart (his name comes from my father's own pronunciation of "bark") was the first of his dobermans. He didn't last long because despite his excellent breeding and noble character, he bit my father on his hand (he probably knew the popular saying: he was so smart) and the vet advised that he be put to sleep, he was sure to bite again and there were so many small children in the neighborhood. My daughters, with uncharacteristic Spanish humor, would tease our sissy eagle with comments like:

—Casey, you better behave if you don't want to end up like your uncle in Indiana!

I guess fate prevented my father and his young wife from getting any rest. One day, in the middle of a country road, they found a lost, frightened doberlady. They took her home, no one claimed her, they kept her and named her Dora. A pretty name indeed, although I'd constantly confused it with Delia's, the Mexican soprano with whom my father was completely infatuated. He always referred to her as "la mujer más maravillosa del mundo." It never failed, I'd ask him on the phone:

—How's Delia?

—What? He'd whisper.

—I mean, how's Dora? I'd correct myself, weathering that storm.

And some pathetic story would ensue, unlike the Mexican soprano who looked radiant on my last visit, Dora was never in good health. She needed expensive eye drops, frequent visits to the vet for all sorts of ailments and there was no end to the care they gave her.

On the few occasions that I mentioned to my brother all my father's attention to his dogs, he'd go into a rage. Didn't I remember how little my father cared about us when we were young? Well, if he hadn't bopped me one because I was crying with an earache? And if I tried to defend my father, saying that our memory was something like Ortega's forest and trees, we each saw different perspectives, he could get even angrier at me. No wonder I didn't like to mention my father to my brother and vice versa. Silence was definitely better, I didn't care how dysfunctional that made me.

—Why did you get another dog? I thought you were fed up after Bart's behavior, I'd ask my father on the phone.

—Mujer, Dora is simply wonderful!

Or did he mean Delia? Besides I had to understand that Marielle hadn't had children of her own. I never knew she wanted any, she didn't seem to pay much attention to mine. So Dora, explained my dad, was like a child for her, someone to take care of, as if he were self reliant. It's interesting that if a man wants a dog, no one assumes that he wishes for a child. Anyway, I couldn't even imagine my father with another child at his age, but it didn't matter because he always talked in terms of "her" children.

A very urgent call from a very upset father notified me of Dora's tragic end. Marielle was visiting her parents and the doberlass had become totally lethargic, she was hardly breathing and couldn't get down from the big living room sofa. With Delia's help (aha, so she was still in the picture) he managed to get her to the vet's. She had suffered a stroke and there was no hope. She must have been older than they thought, she probably lasted this long because of the good care they took of her. My father was devastated, I hadn't heard him so emotional, not even with the worst Midwest tornadoes. And to think that he hadn't seen his own son and grandchildren for over ten years, I would ponder, as if inspired by my brother.

He assured me that Dora would be their last dog. He didn't want to suffer this way again. Dogs were worse than children, he hadn't even been back to Spain in a long time because he didn't want to leave the dogs. Now he would finally live as an adult and come and go as he pleased. For a while he did and they visited us for Tina's graduation thanks to Dora's timely departure.

In a few months, however, before they had a chance to make an intercontinental trip, another phone call alerted me that some lady from the S.P.C.A. had come by to talk to them about adopting yet another doberbaby. This was the perfect dog/child, not sickly, but of gentle, feminine characteristics as her sister Dora. There was no point in reminding him of his frustrated trips and his grieving, besides I was having too much fun anticipating more stories about my new baby sister. Her name is Diva.

—What are you saying? I can hardly keep from laughing out loud, doesn't Marielle put two and two together, I wonder.

Like mean, old Bart, sometimes my father has bit off more than he can chew with Diva. She is so attached to Marielle that taking care of her while she is gone is too much for him. The last time that Marielle was away visiting her parents, Diva was more trouble than any tornado. She started by bringing into the house a dying squirrel that she had chased all over the yard, destroying the flower beds. My dad then had to pry the poor animal from Diva's mouth with much commotion, he was sure he'd end up with another bite, perhaps from a rabid squirrel. Without Marielle to discipline Diva with Ameri-

can sensitivity, my father gave the dog a proper
Spanish spanking.

—I know I've taught her a lesson, my hand hurts
me I hit her so hard, he tells me proudly on the
phone.

And I fear that it won't be long before Diva bites
him like her older brother Bart.

Not surprisingly, like any red-blooded
American, Diva is somewhat dysfunctional, we
all know how traumatic conflicting child rearing
techniques can be on kids, and on occasion she
displays bizarre behavior. She always had a favorite teddy bear that she took to bed with her (I
should say with them because she sleeps in their
bed). It isn't unusual for the dog to be in between my dad and Marielle all stretched out
while her parents cling to the sides of the bed. It
was shortly after the squirrel episode that Diva
started to act very strange, she'd carry her teddy
bear with her all the time, she didn't even want
to eat or walk without it and seemed very
stressed and emotional. Soon she started prepar-
ing a birthing place made out of towels, the bed-
spread or any rags she could drag to a corner of
the master bedroom. She is suffering from a false
pregnancy, explained Marielle over the phone,
my father was never good at talking about female reproduction. It seems that she was spayed
before she had a chance to have her own babies
and this was her reaction to it. I couldn't wait
for my dad to get on the line and hear his old
world explanation of this American situation. I
couldn't imagine that his childhood dog in Spain
had ever behaved this way.

The fact is that Diva is a lovely dog, I don't
have any pictures of her because she is camera-
shy, but I had a chance to see for myself on the
last visit to Indiana for my father's birthday.
She is of a shiny dark brown color with even
shinier black, piercing eyes. She's not as big as

Bart, of course, she's smaller than Dora too, and more delicate, with a doe-like quality about her. She is spoiled though, my two daughters were amazed to see how much she can get away with compared to their beagle. She uses the biggest sofas in the living and family rooms, no matter how many people are there and may need to sit. Only after dinner she shares her favorite sofa downstairs with my dad because she seems to like to watch porno films with him, much to my daughters' chagrin.

Diva doesn't like to be left alone at home, particularly if there is company and she'd sulk when we'd go out without saying goodbye to us. Upon our return she wouldn't say hello either because by then she was hiding whatever naughty trick she had accomplished during our absence: she'd take my nightgown and hide it in one of her sofas or have an accident on the most visible part of the rug or get some food from the kitchen since she can reach on top of any counter. She doesn't touch dog food though, an indication, according to my dad, of how smart she is. The only canned food she'll eat is Argentinean meat, intended for people, of course, but mostly my father shares with her just about any of his favorite Spanish dishes. She loves empanadas, peaches, tomatoes and even bread, but won't touch cod fish in any recipe.

—She is smart alright! affirms Andrea, who with teenage diplomacy, thinks cod fish is disgusting too.

The screen from the dining room patio door has been cut loose, so that Diva can go in and out at her leisure and that made me worried since I heard about the squirrel episode and was afraid to find one in my bedroom.

—No, mujer, no. Diva is over that now that she finally had her false baby. Hadn't I noticed that she didn't even pay so much attention to her teddy bear any more?

But nothing that Diva could do captivated mine and my daughters' attention as much as the arrival of Delia for my father's birthday dinner. They had already asked me several questions about her. Was that her charcoal portrait hanging over Abuelito's desk? Is her husband coming? What does Marielle say about all this? I answered yes to the two first enquiries, but I didn't know what to say about the third. Marielle was making turkey with mole from one of Delia's authentic Mexican recipes, she had already told me what great cook she was and she sang her praises along with my dad whenever he'd refer to her as the most marvelous woman in the world.

She was definitely striking, with jet-black hair and eyes even darker than Diva's. She had a beautiful voice that she used expressively and could be heard above all of ours when we sang happy birthday. She was very animated and had a funny story to tell to counter each one my dad told. Like the one about his renewal of the driving license; when he was asked about his weight and height and he'd answer "don't know about it" because he's never been able to make the correlation between kilos and pounds, centimeters and inches. "Color of your hair?" was the next question, "don't have any more" and Delia would add another category, "Sex?" "If you insist" my father answered without missing a beat.

By the end of the evening, the two of them seemed to be alone in the room, sitting close, sharing the sofa with Diva, talking to each other without paying attention to her husband, who doesn't speak Spanish and was ready to fall asleep anyway, or to Marielle who was cleaning up in the kitchen. My kids were listening carefully, this time practicing their Spanish happily, but I sent them to bed, dreading the next day's set of questions and comments about my weird family.

I felt that I had finally met one of the "mujeres de ojos grandes" that Angeles Mastretta writes about. Delia's eyes were certainly big and she did seem capable of doing just about anything she wanted, a love affair with an octogenarian would not be out of the question. I was caught in a whirlwind of emotions, my father was right about the weather in Indiana. It wasn't sadness since my mother had died so long ago. I even liked Delia with whom I had more in common than with Marielle. We were both close in age and so were our children, we both consider ourselves feminists, both are trying to make our careers work outside our countries, but it seemed that we were both competing for my father's attention and I felt bad for his wife. This situation was awkward in any culture.

I went to the kitchen to help Marielle clean up. She did look sad and tired, I thought. I didn't know just what to say. Marielle and I get along fine, but we really are very different, we hardly talk on the telephone when I call, she seems in a hurry to put my father on the line. She is much younger than I and has never been interested in a career, I just think that my dad is lucky to have someone like her dedicated to taking care of him. I could never do it.

There is something about the kitchen sink that is conductive to confidences, when women —it's clear that the man in this house wouldn't do dishes— stand close to each other without having to look into their eyes. Soon Marielle was telling me that she wasn't feeling well, that she was going to have surgery, she needed a hysterectomy. Hadn't I noticed that she looked like she was pregnant? It was due to the hormones she was taking in preparation for the operation, she had put on over ten pounds, well, if she wasn't bloated like if she were carrying a watermelon? I was surprised that my father hadn't mentioned it to me, although I know his aversion to discussing women's health. But, I have to admit, that, since Marielle's figure has always been rather full, I had not paid attention. Suddenly the anecdotes about Diva's false pregnancy, Delia and her authentic mole recipe, my father's weather reports were not so funny any more; I almost missed what was the most moving story of that trip.

ALTER EGO

A veces me pregunto cómo hubiese sido mi vida si yo no hubiera emigrado a este país. Qué tipo de mujer sería ahora si todavía estuviera viviendo en Madrid, posiblemente en el mismo barrio del Niño Jesús, como es el caso de mis primas y mis amigas que, cuando voy por allí, todavía las veo entrando y saliendo de los mismos portales, caminando por las mismas aceras, sentadas en los mismos cafés tomándose una caña, paseando por el Retiro con sus hijos igual que hicimos nosotras de pequeñas. ¿Sería yo una esposa tradicional? ¿Tendría carrera? o, posiblemente, como tantas que conozco, después de terminar los estudios no habría vuelto a tocar un libro ni conseguido un trabajo y me habría dedicado por completo a mi familia. ¿Habría sido feliz con una vida así?

Conchita parece serlo, aunque va siempre a cien por hora y yo creo que no se para nunca a preguntárselo. Si se lo comento en uno de nuestros encuentros en un lado u otro del Atlántico, no puede ni hablar del tema:

—¡Calla, calla, por favor, no seas pelma, no comiences ahora con tus filosofías, que tengo que hacer la cena!

A pesar de que somos tocayas, no me di cuenta hasta años después de conocernos, ya que somos aparentemente tan dispares, pero ahora estoy convencida de que ella es mi álter ego.

Con mi afán académico miro la definición en el *Diccionario de la Real Academia* que me dice: "Persona en quien otra tiene absoluta confianza, o que puede hacer sus veces sin restricción alguna." Bueno, sí, confianza tenemos, desde luego, pero no se trata de eso precisamente.

"Persona real o ficticia en quien, se reconoce, identifica o se ve un trasunto de otra." Eso ya es más parecido... ¡Pero esto ya es el colmo! Resulta que ahora tengo que ir al *American Heritage Dictionary* para encontrar el significado que busco, no si ya estoy perdida de lo americana que me he vuelto: "Another side of oneself; a second self." Y es esto exactamente a lo que me refiero; yo habría sido como Conchita, tendría una vida como la suya si viviera todavía en España.

Nos conocimos en Philadelphia. Mi hija vino a casa un día diciendo que había una niña de Sevilla en su equipo de fútbol, pero no sabía nada más de ella. No se habían atrevido a conversar porque hablaba un español raro que Andrea no comprendía bien y le daba vergüenza confesárselo. Al día siguiente me presenté al partido, lo cual no era la regla porque siempre estoy liada en la universidad a esas horas. Andrea se dio cuenta enseguida de mi intención y me presentó a Isabel. Conchita estaba allí haciéndole fotos a su hija:

—¡Ay, me encanta cómo las niñas americanas pueden hacer de todo! ¿No te parece?

Y desde ese momento comenzó nuestro diálogo que continúa hasta el presente.

Estaban viviendo en un apartamento, justo en frente del colegio. Su marido, un investigador del cáncer, vino becado por el gobierno socialista y se había traído a su mujer y sus dos hijos. Inmediatamente me recordó la situación de mi familia más de veinte años antes. También ellos estaban ilusionados con la novedad del viaje y disfrutaban de los contrastes entre culturas. Todo lo americano les parecía mejor que lo español:

—Bueno, ya veréis, ya, cuando estéis aquí más tiempo... les decía yo en mi papel de experta.

Como hizo mi familia, hacían viajes por el país durante las vacaciones, aunque ellos fueran en avión y no en un coche de segunda mano como el que tuvimos nosotros. Tenían planes prácticamente todas las tardes, a pesar de que aquí la gente sólo sale los fines de semana. Iban de compras y conocían tiendas de rebajas de las que yo no tenía ni idea. Recorrían la ciudad de cabo a rabo en busca de unos pantalones vaqueros como si nada y se marchaban a pasar el día en Nueva York como quien sale a pasear al perro.

Conchita tenía arreglado el apartamento con una gracia tremenda; se notaba que había estudiado arte, aunque no hubiera terminado la carrera. Los muebles eran ligeros y prácticos, de colores brillantes y atrevidos que le daban al lugar un aspecto juvenil. De cualquier cosa hacía una decoración original: un cuadro aquí con un marco forrado de tela, una pantalla por allí de un papel chino, las cortinas eran sábanas atadas con cintas, un centro de mesa estaba hecho de calabazas y mazorcas de maíz. Para las Navidades construyó un Papá Noel enorme de globos y papier maché que estaba sentado a la entrada con gran regocijo de todos. Me ha dicho que desde entonces, pone otro igual en su casa de Sevilla que les recuerda esas Navidades americanas.

Durante ese año, cuando podía, me escapaba pronto del trabajo para vernos en los partidos y a menudo salíamos juntas. Yo la llevaba a alguna pastelería francesa a merendar o la invitaba al cine si daban una película de Almodóvar, pero ella me decía:

—Es que eres tonta, si yo lo que quiero es una hamburguesa con un buen batido y, no te engañes, que el mejor cine es el americano...

Siempre estaba dispuesta a ir a cualquier sitio, ya al poco tiempo de conocernos nos era imposible decir a quién se le había ocurrido la última escapada y todavía nos culpamos mutuamente por la trapisonda del baile de fin de año de nuestras hijas.

Ella no se avergüerza de ser burguesa y le encanta comprar ropa, complementos, zapatos, cosméticos. Siempre va a la última y yo, a pesar de dármelas de intelectual, la observo con atención y voy aprendiendo. Tanto es así que for fin me convenció a que me comprara un abrigo de visón, ya que aquí están a menos de la mitad de precio que en España. Fuimos a un almacén donde ella ya se había comprado cuatro, los dos suyos y otros dos para sus cuñadas. Todas las dependientas, hasta el dueño, la conocían y estoy segura de que yo no sería la única amiga a quien ayudó a seducir. Tengo que confesar —y se lo he dicho a ella varias veces— que he disfrutado muchísimo de tenerlo, a pesar de que mis hijas lo consideran políticamente incorrecto, y cada vez que me lo pongo, me acuerdo de ella.

Le gusta ponerse morena, demasiado en mi opinión. Tienen una casa en la playa y a finales del verano está casi negra, con la piel llena de manchas. Su marido la amonesta con los peligros del cáncer, pero ella no le hace ningún caso y se pasa el otoño haciéndose "peelings" (a eso no me he apuntado yo todavía). A pesar de que tuvo la polio de pequeña y cojea un pelín, es más atrevida que yo para muchas cosas. Esquía, por ejemplo, cuando van de vacaciones de invierno a otra casa que tienen en Sierra Nevada —donde también toma el sol— mientras que yo hace años que ya no me atrevo ni a lo uno ni a lo otro. Yo aprovecho para comentarle:

—Hay que ver como vives ¿eh? Después dirás que las cosas están mal en España.

—¡Calla, calla, loro! ¿Qué sabes tú?, con lo bien que estás en América...

En otras cuestiones, sin embargo, en el plano intelectual y profesional, soy yo quien se arriesga. Aunque, a pesar de que ella es la mujer tradicional que se desvive por su familia y yo soy la feminista, Conchita le planta cara a quien sea y les canta las cuarenta a sus hijos o los manda a la mierda con una facilidad tremenda, como es lo normal. Mientras que yo en mi casa no puedo alborotar ni la mitad porque, con sensibilidad americana, y con la excusa del divorcio, mis hijas me advierten que sufrirán del estrés postraumático si les levanto la voz. Me hace reír cuando Conchita se queja de su padre que vive con ellos (a quien, por otra parte, trata de maravilla) y va por la casa diciendo:

—¡Qué cruz, Dios mío! ¡Qué cruz!

Pero la relación con su marido ya es harina de otro costal. Alfonso, a pesar de ser bastante progre comparado con tantos otros hombres españoles, es también machista. Bueno, me explico. Resulta que en teoría le gustan las mujeres independientes y aprecia su inteligencia en el trabajo, pero para ir por casa, ya es otra cuestión y quiere que la suya sea una mujer doméstica. A Conchita la corrige delante de todos y pierde la paciencia enseguida con ella. Si salimos las dos parejas juntas no falla, yo acabo enfadándome con él porque salgo a la defensa de mi amiga que, inexplicablemente, ha perdido la voz. Así sería, pienso, si yo estuviera casada con un español a la antigua usanza, por socialista que fuera.

Es un trato tan distinto del que yo tengo ahora con mi marido, claro que no hemos estado casados tantos años y de sobra sé cómo pueden cambiar los matrimonios con el tiempo. Si lo sigo pensando, así me llevaba yo con mi ex, pero en eso no me gusta fijarme. No se lo digo, pero temo que si mis amigos estuvieran viviendo en los Estados Unidos o fueran una pareja americana, ya se habrían divorciado, estoy segura. Aquí la gente casada aguanta bastante menos que en España.

Cuando se marcharon de aquí los eché muchísimo de menos, sobre todo a Conchita, desde luego. Poco a poco, sin proponérmelo, el año que estuvieron aquí acabé dejando de lado a varios de mis amigos. Me he dado cuenta de que las personas con quienes tengo mayor familiaridad, todas hablan español conmigo; el inglés se presta menos para crear intimidades.

El día que se fueron fue francamente horrible. Fuimos con ellos a despedirlos a Nueva York, aunque aquí la gente no va al aereopuerto más que para irse de viaje. Como el avión salía por la tarde, decidimos pasar a comer al barrio chino, que tanto les gustaba. Conchita todavía se enredó comprando unas baratijas de las que venden en la calle y unos relojes de imitación de los que ya tenía un montón. Alfonso estaba preocupado por si había tráfico a esas horas y acortó la última correría.

No nos dimos cuenta de que les habían robado el equipaje hasta que llegamos al aereopuerto John F. Kennedy. Al abrir el maletero, estaba completamente vacío, hasta las bolsas de viaje que habían dejado por no llevarlas a cuestas habían desaparecido. Si no fuera porque el precavido de Alfonso llevaba los billetes y los pasaportes encima, no podrían ni haberse marchado ese día. Casi perdieron el avión con el lío de las declaraciones en la comisaría. Conchita y los críos lloraban de rabia, con la cantidad de regalos que habían comprado y la ilusión que les hacían todas las cosas americanas... Conchita aún bromeaba entre lágrimas:

—¡Menos mal que les podremos dar un reloj a cada uno!

Yo me sentía de alguna manera culpable, avergonzada de que les hubiera pasado esto en mi país adoptivo. De hecho, los ladrones habían entrado dos veces en su casa de Sevilla mientras que estuvieron aquí y se iban sin saber cómo se encontrarían su propia casa.

—Nada, esto es como el juego de la oca, de robo en robo... y así te jodo. Con tal de que no se caiga el avión, no ha pasado nada. Decía Alfonso más propenso a la filosofía.

—No te preocupes, pesada, que en todas partes se cuecen habas. Te lo digo sinceramente, a pesar de esto, éste ha sido el año más feliz de mi vida, me dijo Conchita al despedirnos.

Desde entonces nos hemos reunido varias veces, ya sea en este lado del Atlántico si Alfonso viene para alguna conferencia, o en España cuando vamos nosotros. En una ocasión se vinieron en el AVE a Madrid sólo para comer en La Trainera porque no había tiempo para una visita más larga, así son ellos de amorosos. Conchita y yo siempre conectamos enseguida, como si hubiéramos estado juntas toda la vida, con mil cosas que contarnos y otras tantas cuentas que ajustar sobre nuestras diferencias de vida.

Una visita memorable fue la vez que pasé con ellos la Semana Santa en Sevilla. Yo sólo había ido una vez de niña con mi familia, pero ya ni me acordaba y en Madrid casi no se celebraba entonces. Esto es lo que deben experimentar los turistas cuando van a España, no recuerdo haberme sentido más extranjera en mi propio país en mi vida. Conchita me recogió en la estación del tren, pasamos corriendo por su casa para dejar la maleta:

—Aquí también las roban, ¿sabes? No te creas que todo el monte es orégano. Empezaba ya ella al ataque.

Ibamos con prisa porque esa tarde pasaba la Virgen de la Candelaria que era una de las más bonitas y quería que yo la viera sin falta. Nos metimos en la bulla sin miramientos y gracias a un empujón por aquí y un codazo por allá, nos pusimos en primera fila antes de que la Virgen llegara a la plaza. De pronto se paró la procesión y se hizo un silencio denso antes de que comenzara una saeta desde un balcón. Se me puso la carne de gallina, fue un momento indefinible, estaba totalmente emocionada. Toda esa gente de repente sin moverse, escuchando una sola voz que expresaba un dolor tan entrañable. La noche estaba fresca y clara, pero no se podían ver las estrellas de tanta luz como creaban las velas alrededor de la Virgen. La pequeña placita parecía ser un escenario dramático. Cuando reanudó la procesión, los hombres le gritaban piropos:

—¡Guapa, Candelaria! ¡Guapa!

Sin descansar un momento, Conchita me llevaba de un lugar a otro viendo cofradías, corriendo al Cristo de Burgos, visitando un caliz en alguna iglesia, admirando la Giralda iluminada o el famoso paso del Prendimiento, escuchando otras saetas a otras vírgenes afortunadas. Entre tanto parábamos en bares para tomarnos un fino y probar un pinchito de jamón o un pescaíto frito en alguna tasca.

—Aquí no se cena estos días, a ver si aprendes, sólo se tapea. Me explicaba Conchita en su papel de cicerona. En todos los sitios que entrábamos, la conocía alguien y se saludaban con gran cariño.

—Oye, Conchita, ¿pero no eres de Burgos, cómo es que conoces a todo el mundo?

—Calla, no seas trasto, si Sevilla es un pueblo.

Salíamos por las noches y nos quedábamos cazando procesiones hasta la madrugada. A algunos Cristos los veíamos entrar en la catedral, a otros había que verlos salir de su iglesia, como cuando nos pilló el amanecer esperando al Cristo de San Bernardo. Cada Virgen tenía su día de procesión o había que ir a visitarla a su propia iglesia, que fue lo que hicimos con la enjoyada Macarena. Antes de volver a casa, nos desayunábamos con unos churros y chocolate.

Durante el día dormíamos a ratos entre salidas para conseguir azulejos de cerámica al barrio de Triana o en búsqueda de un mantón de

Manila en la calle Sierpes. También aquí Conchita se conocía al dedillo todas las tiendas, aunque ahora era yo quien quería salir de compras. Yo estaba empeñada en hacer fotos a la ciudad que parecía otra durante el día bajo el sol, con esos colores albero, ocre y blanco de su plaza de toros, las casas con puertas y ventanas pintadas de añil, la Torre del Oro reflejada como la plata en el Guadalquivir, el patio de la catedral lleno de naranjas. Con gran alivio de mi amiga no pudimos entrar en el Archivo de Indias porque estaba cerrado:

—Es que eres un rollo, vamos. ¡A quién se le ocurre querer hacer investigaciones estos días!

La tarde del Sábado Santo no salimos de casa, por fin se habían acabado las procesiones. Yo hubiera querido quedarme hasta la Feria, me lo estaba pasando tan bien, y además ellos alquilaban una caseta con sus amigos, pero no pude porque tenía que volver a las clases de la universidad. Conchita y su hija se iban a poner unos vestidos de sevillana preciosos, cada año se los hacían nuevos o, por lo menos, se arreglaban los de años anteriores. Para entretenernos empezamos a probarnos los vestidos. A Conchita todos le quedaban graciosísimos, se medio recogía el pelo con una flor, y como lo tiene bastante largo, le daba un aire muy auténtico, a pesar de ser de Burgos. Le hice varias fotos, salió sonriente en el jardín, sentada al lado de la piscina, con uno de lunares de color grana muy escotado.

El que más me gustaba a mí era uno de Isabel de flores grandes en tonos verdes. Casi no me lo podía cerrar por detrás, aunque en la foto, puesta contra la pared del patio, al lado de los geranios, no se nota. Pero yo me veo un tanto seria con el pelo corto que no admitía más flores, a pesar de que soy yo la mediterránea de nacimiento. Con poco éxito, Conchita también me hizo probar el mantón de Manila que acababa de comprarme para completar el cuadro:

—No seas sosa, anda; los mantones ya no se doblan en triángulo, sino así, por la mitad... pareces de pueblo.

De pueblo no, pensaba yo, de otro país que es peor.

Ahora miro las últimas fotos que nos hicimos el año pasado cuando fuimos a verlos en noviembre. En una está Conchita sola en el salón de su casa tan bonito; se ve el espejo grande sobre la chimenea, los ceniceros de plata que cubren la mesa de cristal, las flores naturales que siempre tiene por todas partes, el sofá blanco que contrasta con los tonos terracota de las paredes empapeladas donde cuelgan las mariposas enmarcadas que colecciona Alfonso. Está monísima, sonriendo, completamente vestida de color marrón en un conjunto de mini falda y suéter con las medias y los zapatos a juego.

Hay otra foto en la que estamos los cuatro afuera, bajo la pérgola de la entrada. Conchita y yo contrastamos en todo; ella bajita con la falda corta y yo tan alta, con las gafas puestas, un jersey de cuello de cisne y unos bluejeans en plan intelectual. Y es que somos como el yin y el yang. Las dos estamos abrazadas a nuestros maridos, pero esta vez soy yo la que tiene una sonrisa picarona, mientras que el aspecto suyo es mas bien triste y la noto un poco envejecida; será de tanto tomar el sol o quizás se deba a que no le gustan las despedidas.

REUNIÓN DEL ABSURDO

Yo creo que nos hemos contagiado todos de la especialidad del francés que escribe sobre Arrabal. Es lo que le faltaba al departamento, como si no fuéramos ya bastante extravagantes de por sí. Me di cuenta de esto, en concreto, el año que estuvo la caribeña de substituta. Habíamos tenido una reunión a media tarde para discutir varias cuestiones que estaban pendientes. Supongo que serían más o menos importantes, pero de eso ya no me acuerdo bien. Quizás algo sobre exámenes de entrada para los alumnos de primer año, que cada vez vienen peor preparados a la universidad; o un cambio necesario de libros de texto; o puede ser que fueran algunas elecciones para un cargo departamental. De lo que sí me acuerdo perfectamente es de que pensé, "esto es exactamente igual que una representación de teatro del absurdo."

La pequeña sala para seminarios, sin ventanas al exterior y dos puertas de cristal al laboratorio de lenguas, ofrece el escenario apropiado. Hay dos entradas ciegas por las cuales no se puede entrar ni salir, aunque se ven las filas de pupitres y de ordenadores del laboratorio. Generalmente la puerta al pasillo queda cerrada para que nadie pueda escuchar las decisiones de tan alto rango. Una mesa rectangular está situada en el medio, rodeada de unas sillas color naranja, residuos de antes de hacer la reforma, pero no son suficientes para todos nosotros. Los que llegan tarde, o los que por cualquier razón quieren pasar desapercibidos, se sientan desperdigados en las esquinas. Inclusive hay un par de estanterías para camuflar al que así lo desee.

Nada más comenzar la reunión ya anunció el de italiano que estaba esperando una llamada importante y tendría que ausentarse si oía su teléfono al fondo del pasillo y el de alemán avisó que su tren salía a las cuatro y media en punto y tendría que irse, pasara lo que pasara, con tiempo para cogerlo. Perfecto, pensé yo, las entradas y salidas son imprevisibles en este tipo de representación.

Yo sospechaba que, a pesar del aspecto inocente y despistado —y del engaño de su nombre— la llamada que esperaba el de italiano no era tan inofensiva. Me constaba que DeAngelo estaba pasando por un divorcio de lo más feo. Yo sabía que sus tres hijas habían dejado de tratarle y su esposa se quejaba amargamente del abuso de autoridad y los atropellos que su marido había cometido contra ellas. Algo debía de haber allí porque un día, sin venir a cuento, en el cuartito del correo, me dijo que si él se había excedido alguna vez en imponer la disciplina a sus hijas, había sido por su bien. Él quería que se criaran formalmente, no a la americana, y un poquito de mano dura no le hacía mal a nadie. Ya, ya... pensé yo que había oído esa historia en mi propia casa.

Por eso con DeAngelo prefería no tratarme. En otra ocasión, no hacía mucho tiempo, le oí gritar en el teléfono desde mi oficina. Seguramente hablaba con su abogado. ¿Quién lo hubiera dicho? Con el aspecto de mosquita muerta que tenía y los gritos que estaba dando... Algo sobre el dinero, que se ve que le hacía subir la sangre. Me escabullí de la oficina sin que me viera para que no se diese cuenta de que le había escuchado en tan mal momento y se sintiera obligado a darme más explicaciones.

El de alemán siempre se iba pronto con la excusa de que vivía tan lejos de la universidad. Había pasado toda su vida en el campo, en una región de menonitas donde todavía se hablaba un alemán antiguo. Llegaron a Pennsylvania en el siglo XVIII y hasta la fecha se las arreglaban sin luz ni teléfono, ni ninguna otra comodidad moderna. Nuestro alemán no llegaba a tales extremos, o no hubiera podido usar el tren, pero sí que hablaba un alemán pasado a la historia que confundía a los alumnos e infuriaba a la especialista recién llegada. ¡Qué departamento de lenguas era éste donde el profesor de alemán no sabía hablar el idioma! Tuvimos que aprobar a la carrera unos cursos de literatura en traducción al inglés para que los diera él, una vez usurpado su puesto de especialista por la nueva generación.

La caribeña no dejaba de maravillarse ante cada miembro del departamento. Las dos congeniamos y me decía en susurros:

—Oye, son muy raros estos tipos, ¿no?

—Mujer sí, pero una se acostumbra. No hay más remedio. Ya sabes lo que es este sistema de permanencia, ya tienen el puesto fijo, vitalicio, y de aquí no los mueve nadie hasta que se jubilen.

El que más la desconcertaba era el profesor de Haití. Por lo menos él sí que hablaba bien dos o tres idiomas y cumplía enseñando francés, español y pedagogía. Acababa de salir un libro suyo sobre las creencias del vudú en su tierra y ahí estaba precisamente el conflicto. Yo, que me jactaba de ser europea, no creía en esas cosas, pero para Felicia, como buena caribeña, no era cuestión de broma y aseguraba que el de Haití le había echado un mal de ojo. A la pobre le había salido una urticaria en la frente que daba pena verla.

Incluso yo que me creía inmune, empecé a dudar cuando me dio un dolor agudo en la espalda que me tenía casi imposibilitada. Cuando la tercera de la suerte, la directora de estudios latinoamericanos, cayó enferma —y lo de ella sí que era serio, una enfermedad muy difícil de diagnosticar que la debilitaba y le causaba una fatiga extenuante— estábamos seguras de que había gato encerrado. Además cada una de nosotras podíamos recordar una ocasión reciente en la cual el de Haití nos había pedido prestado un libro. Con un objeto de nuestra propiedad, nos explicaba Felicia, lo de hacer vudú ya es cuestión de coser y cantar.

Entre las salidas expectativas por la llamada telefónica de DeAngelo, el mutis anticipado del de no-alemán, las interrupciones intempestivas típicas de otros miembros del departamento que no querían ser menos importantes y el aspecto alarmante de las tres víctimas del mal de ojo, era muy difícil concentrarse en los temas fundamentales sobre la educación de nuestros alumnos. Y pensar que ésta era una universidad selecta y privada... ¡Cómo estarían las cosas en esas monstruosidades estatales!

El jefe del departamento, un homosexual afroamericano muy meticuloso, se esforzaba por mantener el orden en este grupo tan discorde. Miraba el reloj temiendo que se le escaparan los súbditos sin haber terminado la agenda del día. De hecho también él andaba distraído a causa del ex-periodista mexicano tan guapetón que le traía por el camino de la amargura. No dejaba de echarle miraditas cariñosas y hacer alusiones que no venían a cuento a algo que se habían dicho en el gimnasio, o en la piscina, o cuando habían estado levantando pesas juntos. Todo esto con grandes azoramientos del Adonis mexicano que de homosexual no tenía un pelo, aunque lo fingiera. Lo que pasaba era que estaba haciéndole la pelota al jefe porque quería un puesto fijo, o que se lo pregunten a la directora de estudios latinoamericanos que se lió con él en el viaje a Nicaragua y que me miraba de reojo aguantando la risa.

El antiguo jefe, un rumano despótico, amargado y casposo, era el que más sufría. ¡El sí que había llevado este departamento con mano dura sin tolerar estas mariconadas y faltas de respeto! Aquellas reuniones sí que eran algo serio. Yo era la única mujer entonces y me tenían amordazada, pero poco a poco fue cambiando el poder de los viejos a los nuevos y el rumano y los de su cuadrilla iban perdiendo terreno. Nunca se me olvidará el día que el pseudo Ceausescu tuvo un infarto después de una de las reuniones más animadas y tuvieron que llevarlo a la clínica directamente de la universidad, como si se tratara de un torero herido en el ruedo.

Que conste que no fue él el único en salir herido, también la joven de alemán y el mismo DeAngelo tuvieron los dos sendos accidentes de coche después de otras reuniones accidentadas. Este juego de palabras me recuerda a Camacho, el experto en retruécanos y expresiones, que siempre proveía el toque cómico necesario para contrastar en toda buena representación del absurdo. Si no nos reíamos la primera vez que decía cada chiste, lo repetía sin cesar hasta la saciedad. Como ése de que la personalidad del argentino consiste en ser como un español que habla como un italiano, se comporta como un francés y desearía ser inglés... y qué nos iba a decir él a nosotros de estas cuestiones culturales.

A mí estas reuniones me dan una claustrofobia tremenda y que conste que no es sólo porque el cuarto no tenga ventanas. De todas las responsabilidades que conlleva mi trabajo es la que más me cuesta. Después de haber dado tres o cuatro clases —que ya es bastante representación— lo que me apetece es salir al aire libre y escaparme del ambiente cargado de las aulas universitarias. Además siempre tengo varias cosas que hacer, es entonces cuando cambio a mi otra vida y empiezo a preocuparme por lo que prepararé para la cena o si tengo que recoger a mis hijas o terminar algún recado doméstico. Me siento allí aburrida, cansada y distraída, fingiendo un interés que no tengo, haciendo listas mentales para mi propia agenda o tomando notas, si no estoy sentada a la mesa, para futuras historias como ésta.

Los de la nueva hornada son más buena gente, pero no dejan de tener su corazoncito. Es que eso de juntar a varias personas de diferentes culturas —cada una con un doctorado en su propia especialidad— esperando que se pongan de acuerdo por el mero hecho de que trabajen en el mismo departamento y casi todos sean extranjeros, no tiene sentido. Acostumbrados cada uno a dictar cátedra y tomando en cuenta las diferencias generacionales y pedagógicas, lo que es un milagro es que no nos llevemos peor todavía.

La directora del programa latinoamericano y yo somos aliadas desde que llegó. Fuimos ya al viaje a Centroamérica que ella organizó e, inclusive, damos una clase avanzada juntas. Pero nos vemos poco fuera de la universidad, más que nada se debe a su gusto en hombres. Siempre está liada con algún chaval jovencísimo de la edad de mi hija la mayor, poco más o menos y, sinceramente, no me apetece hacer plan con ellos.

El primero que le conocí era un aspirante a fotográfo, después vino un estudiante ukraniano que le duró muy poco tiempo —antes de lo del Adonis ex-periodista del viaje— pero el de ahora es el más incomprensible. Es un chaval simpático, un brasileño con unas melenas rizadas que trabaja en unos astilleros, pero que más bien parece su hijo, o su hija, como creía la mujer de la limpieza cuando vio su foto en la oficina, debió ser por lo del pelo tan largo.

—¿Y qué hace una catedrática con un estibador, me lo puedes explicar tú? Me pregunta, sorprendida, Felicia.

—Yo que sé, pero no nos extrañaría tanto si fuera al revés ¿no?

Y es cierto que el mundo académico está lleno de parejas donde el hombre es mucho mayor que la mujer —valga el caso de mi propio padre por ejemplo— pero se acepta, mientras que si es ella la cachonda o la que quiere llevar la voz cantante ya estamos criticando.

Yo creo que el nuevo de francés es el más simpático de todos. Es el tipo característico de lo que se llama en inglés un "absent-minded professor," un tío despistado. Generalmente va corriendo por los pasillos, suspirando porque llega tarde a clase o se le ha olvidado algo en la oficina. Va vestido al estilo francés —aunque es americano— con una boina, una corbata de pajarita o un pañuelo al cuello que le da un aire sofisticado. Por ser el más reciente le toca escribir las minutas en las reuniones, cuando en realidad es el menos apropiado para el cargo y a menudo se hace repetir las absurdas discusiones anotándolas para la posteridad.

A finales del semestre pasado llevó a sus estudiantes al centro de Philadelphia para ver una película francesa, con la mala suerte que le robaron el coche con su ordenador, todas las notas de clase y los exámenes dentro. El pobre no sabía qué hacer para terminar el curso, eso le pasaba por ser tan buena persona y haber invitado a los alumnos, nos decía suspirando profundamente.

El único jesuita del departamento es el profesor de lingüística, un hombre de apariencia modesta, pero con un doctorado de Yale. También parecía que iba a ser el más equilibrado de todos, pero a los pocos meses de llegar se vio involucrado en un lío tremendo; un colega le acusó de tener relaciones con una profesora recién divorciada del departamento de educación. De nada le valió decir que sólo estaba aconsejándola en su papel de sacerdote y se llevó una gran regañina del padre principal.

De vez en cuando la secretaria entra cuando estamos reunidos para dejar algún papelito urgente a uno de los miembros, lo cual precipita otra salida intempestiva que añade dramatismo a la acción. ¿Qué pensará ella de todos estos académicos? Tiene que notar nuestras inavenencias porque es muy lista, pero discretamente no mete baza en nuestros follones, puesto que, realmente, ella no tiene ni voz ni voto, a pesar de ser quien nos organiza en gran parte.

Sólo se entretiene con los profesores adjuntos quienes no son incluidos en las reuniones, menos mal porque no habría ni sitio para todos. También ellos deben decir pestes de nosotros, con todas las clases que dan por una miseria de sueldo y sin ningún beneficio médico siquiera o el privilegio de la permanencia. Parece ser que la secretaria se lleva bien con el director del laboratorio porque los dos fuman a escondidas, ya que —para algo estamos en América— está rotundamente prohibido hacerlo en todo el campus. Sin duda no sabe que él es un tanto perverso y que se masturba mirando el internet o las películas extranjeras atrevidas que tenemos en el laboratorio.

Ahora me acuerdo que en esa ocasión estuvimos discutiendo mi propuesta sobre un curso de cine y literatura a la que se oponían los del otro bando, los de la antigua generación. A mí me odian, desde luego; me culpan de haber empezado la insurrección de los jóvenes contra los viejos, sin decir nada de lo que aquí se denomina el "gender gap," la diferencia entre los sexos. Aquella reunión se estaba convirtiendo en una merienda de negros, por políticamente incorrecto que fuera ya usar esa terminología. Menos mal que a ninguno le interesa lo que escribo, porque si supieran que estoy trabajando en este proyecto sabático y leyeran esta historia entrarían en trance y ¿quién sabe? a lo mejor me ofrecían como sacrificio.

Era tan tarde ya cuando terminamos la reunión que no había quórum para aprobar mi propuesta, ese asunto quedaría pendiente para la próxima vez, además los finales abiertos son también parte del absurdo. Como ya se hacía de noche y Felicia era tan miedosa, la acerqué al metro, así podíamos charlar un rato juntas.

—¡Sólo faltó que alguien se bajara los pantalones para ir al baño, allí mismo en medio de la reunión, para completar la función! Decíamos nosotras riéndonos.

IN LOEHMANN'S DRESSING ROOM

I like being a witness, observing events and taking mental notes or figuring out a life narrative for people I see in airports or other crowded places. Sometimes I think that I've become an outside observer because of my identification as a foreigner and my interest in looking at things through other eyes. It could be that after so much observing, I've become a writer, a chronicler. I'm particularly fond of everyday situations, apparently unimportant, but indicative of human nature nevertheless; shopping at Loehmann's can be just this type of experience.

I can't deny that clothes shopping is like a hobby for me, something I do for pleasure. I often go into Loehmann's to reward myself after a particularly difficult week at the university. I know that it seems strange, but if I have a headache, ten minutes in the store and my stress disappears. I don't need to make a major purchase, just a trinket will do or, better yet, some terrific bargain hanging there, waiting just for me, a piece of clothing that goes beautifully with something else I already have at home. But don't be deceived, shopping at Loehmann's is not a spectator sport, it's more like a full-fledged safari.

Loehmann's is not your average discount place, it's sort of a combination of thrift-shop and designer outlet. The merchandise you see on the floor one day, often will never be there again. You have to decide on the spot: either you buy it when you see it, or you take the risk that tomorrow it will be gone. There are no returns in Loehmann's, unlike other major department stores that will let you return anything, anytime, no questions asked. This sharpens the dangers of the hunt, one must choose carefully; there is always the chance that the shade of the garment doesn't match the one in the closet after all. Just recently they changed their policy. Now, within a week, the merchandise can be returned for store credit only. At first I missed the real hazards of old times, but I'm getting used to it; you get to come back for a second look or you can save your credit for yet another expedition, it's even better than money in the bank.

The Loehmann's I know is not centrally located. It's in the suburbs, close enough to be able to go regularly, but not in a trendy shopping area, so that one will not be distracted by other stores. It isn't in the most affluent of neighborhoods either, but close enough again to attract the well-to-do looking for bargains, as well as the run of the mill, middle-class, average shopper like myself. The racks are packed full of clothes and it takes an experienced shopper to be able to separate the junk from the finds. Often the garments are not hanging with others of the same size or, worse yet, are mistakenly sized, making it necessary to search extensively just in case. Each item has been marked with its price and a comparison of what it'd cost in a department store, an important incentive for the thrifty shopper.

Aside from this, there are other promotions. There can be un-advertised marked-downs in the store at the end of the season, so it pays to stop by often. Usually there are prominent ads in the newspapers that tempt the clients with a reward of 20%, 30%, up to 50% or more in addition to their regular low prices. If you are privileged enough to have a Loehmann's card —something like a frequent flyer card for clothing— you are on their mailing list, get special discount on your birthday and receive valuable coupons in the mail. Oh the added thrill of an extra 20% off coupon to subtract from your total bill! On special occasions there are specific times in which to take advantage of an offer, never mind that you have to rearrange your entire schedule to make it there by 9:00 a.m or on a beautiful Sunday afternoon. If you are really lucky, you'll take advantage of a buy-one-take-one-free sale, or two-for-the-price-of-one, if you find the terminology confusing.

The most sought-after events are held in the back-room, an area where the fanciest designer clothes are kept. It used to be closed to the average shopper, one needed a personal invitation, but now democracy has reached even the far lands of Loehmann's and the general public may attend. A back-room event is like a poor person's version of a fashion show. There are models wearing the new season clothes, there are refreshments and, oh yes! special promotions and coupons to be redeemed for a given amount, based on the bottom line; that is, the more you buy, the more you save. I'm wary of these back-room galas for fear that I'll spend more than I'll save, it can get to be a tricky business.

But nothing in the clothes shopping experience compares to the dressing room at Loehmann's. It's a big, open space, without individual compartments to change in, paneled by floor-length mirrors with small benches and hooks for all its furnishings. One or two matronly employees stand by its doors; there are practically no sales people on the floor. None of those annoying "may I help you's" here, everyone is on their own in this place. The only other employees stand behind the cash registers, waiting to add up your money and subtract your coupons.

On a good day you can get a corner hook in the dressing room and park yourself semi-hidden from everyone's gaze. You can parade from your mirror to one on the side or one behind and get a full view of your backside. You could even ask one of the door keepers to check if they have your outfit in another size. If you are really lucky, a woman next to you has left some clothes that you are dying to try on, had not seen them before and look just your style. Once in a while you'll start a conversation with your next mirror neighbor and will share your expert opinions. Be very careful with this though, you can get home with something which only your new shopping friend would wear.

The usual days are not quite like that. The room is packed full with women of all sizes and shapes in different stages of dishabillé. They guard their garments fiercely making sure their clothes don't end up on the next hook. They bump into each other as they try to get a full length view. They don't speak or, if they do, are suspicious of each other's comments. They hold their turf, knowing full well that there is a line of other women waiting to enter this fashionable abode.

It amazes me how uninhibited American women can be compared to how I was brought up. I saw it for the first time, years ago, on a trip to Boston, in Filene's Basement. I couldn't believe my eyes as I watched women of all ages and builds try on clothes in the presence of a store full of shoppers. We wouldn't undress in front of our own mothers after we were twelve years old or so, and believe me there was nothing to hide in my case at that age. We never shared dressing rooms in stores or even in the school gym, we were modest to the point of being ashamed of our own bodies. Here, women with torn underwear —a big faux pas, it seems to me if you are going to undress in public— and huge bellies, or flabby thighs and sagging breast are perfectly comfortable reflected infinitely in the Loehmann's dressing room mirrors.

I look at myself in the mirror and I see a young woman still, although I know I'm really middle aged. I'm slim with long legs and torso. If anything I'm at my best at Loehmann's because my battle scars —a few operations here and there that have fortunately not turned out to be serious illnesses— don't show with my panty-hose and bra on. I have come such a long way from being that modest Spanish girl. Even if I'm more reserved than American women, I'm certainly not ashamed of my body, or how I look at this age.

I remember when I was growing up, we didn't even buy our clothes off the rack. We had a seamstress who came to our home once a week; she mended, made most of the children's clothes and sewed all our linens. My mother went to a dress-maker in La Castellana and my father had a tailor, of course. All this has changed completely nowadays; specialty shops like Banana Republic and Benetton are just as popular there as they are here. If I lived in Madrid I would probably buy my clothes in the boutiques of Calle Serrano where my old friends shop now. But still, there is nothing like Loehmann's there.

Usually I make a run to this jungle in preparation for my trips to Spain. I always need something new and different, something typically American, which will impress my label-conscious cousins. Clothes are a mark of identity for me. I've noticed that I remember what I wore at each significant event of my life —and some trivial ones as well— very much like my dad keeps track of his meals and can tell me what my mother had fixed for lunch on the day I was born, as he did on my last visit: "arrós al forn amb fesols i naps" (a Valencian oven-baked rice with beans and turnips).

Many of my most memorable outfits, I found at Loehmann's: an aubergine velvet dress for a Christmas gala; the camel hair coat that never goes out of style; the slinky tuxedo that I wore to Andrea's prom; most of my bathing suits, although I try them on over my underwear; even the beautiful silk dress for my second wedding comes from Loehmann's. And I still remember some of the clothes I left there and I wished I had bought: a wraparound mini skirt, a classy black wool blazer, an apple green chenille tunic. This happened because I didn't pay attention to another of their slogans: "I should have bought it when I saw it."

Some shopping sprees are memorable in themselves. Usually I go alone —perhaps due to some leftover Spanish hang-up— but once in a while I meet my friend Kelly there. Clothing is about the only thing we have in common and the store seems like an appropriate territory for us to spend some time together. We walk around talking and loading our arms with dresses, blouses, skirts, mainly for her and outfits, separates, whatever matches for me. If she misses anything that seems like her style, or something in her favorite shades of ocean greens and blues, I urge her to pile it on. She does the same for me with earth tones of olive and rust, specially pants and sweaters. We often hear different languages at Loehmann's. It seems that women from other countries find the bargains irresistible. They too go in pairs to guide each other in their selections; it's particularly helpful in the dressing room; if one needs to go out for a quick expedition, the other can hold the fort.

My daughters hate to go shopping with me. It must remind them of when they were little and I made them dress alike, as was done in the best of Spanish families. Tina is not into clothes and she spends very little time in any store. Andrea likes name-brand, trendy clothing, like J. Crew or The Gap; she thinks that Loehmann's is for, well, old ladies. She does, however, come with me, reluctantly, on those special occasions when she is looking for something more sophisticated. She turns her nose up at anything that is discounted and is not interested in bargains, especially if her mother is paying the bill. Her idea of being embarrassed in the Loehmann's dressing room is to find someone she knows there.

That's exactly what happened the last time we went together. Standing just next to us in the dressing room was Kara Kramer's mother, her old nemesis from high school. The girl who had her own car way before Andrea did, the girl who got to pitch at the softball games (never mind that her father was the coach), the girl who stole at least two boyfriends from her, the girl who had the cutest clothes, one of the most popular in the entire school. And here was Andrea, undressed, trying on clothes at Loehmann's with her mother... She was sure that Kara wouldn't be caught dead shopping here. She pretended not to recognize Kara's mother, but I wasn't about to play that game and said hello. Of course, Kara was in medical school at the University of Pennsylvania; well, we knew that medicine was a family tradition; yes, she was going to be married to an intern as soon as he finished his studies; certainly, she would say hi from Andrea to Kara.

It turned out to be an inexpensive trip to Loehmann's for me, Andrea wouldn't get anything despite the fact that just everything she tried on fit like a glove, even if she wasn't a perfect size 8 like Kara was. No, she really never shopped there, she had just gone to keep her mother company; yes, she was going to graduate school while she worked; soon, she and Joe would be engaged; sure, she and Kara would have to get together sometime.

Nothing compares, though, to the time I went to Loehmann's with aunt Rebecca, it was enough to give me a headache that not even my favorite store could take away. Despite the fact she's in her eighties and had just recently left the hospital, she insisted in shopping there because she had received one of the infamous mailings. I knew better and should have said no firmly, but with my own coupons burning in my pocket I relented. I could tell that she was in a bad mood from the moment I picked her up, and I wasn't at my best either. She complained of a sore back and was walking with difficulty, but that didn't stop her. She needed summer clothes.

It was good that we went early in the morning and the store wasn't crowded yet because this time it was my turn to be afraid of seeing anyone I knew. She went up and down the aisles holding on to my purse, griping in a very loud voice. First she couldn't find anything she liked, everything was too short, or too tight, or too expensive, or the wrong color, or the wrong size. When I threaten to leave if she didn't stop whining, she changed her tune. In a few minutes, she had me carrying an animal print raincoat, a jogging suit (as if she were going anywhere fast), several bathing suits (after all the pool would be opening soon), and, better yet, some cruise wear!

Next, there she was in the dressing room trying on all her finds. She'd get angry with me if I tried to help her on with her clothes, but expected me to be right there to hold them for her as she rejected them one after the other; she had always been a woman with chutzpah. She thought nothing of standing there letting the mirrors catch a full view of her little old shape in a bathing suit; she also had moxie. Suddenly I felt bad for her and realized how brave and hopeful she still is at her age. She ended up buying a fuchsia linen jacket the exact same shade of her lipstick and some semi-sexy nightgowns. I used my coupon to buy her a straw hat with pretty pink flowers to shade her from the sun; she could wear it to sit by the pool.

I need to visit Loehmann's again soon, I'd like to have something smart for the trip to Argentina which we are planning for this fall. This time I should be able to get terrific bargains, since it'll be summer there and I'll be looking for off season clothes. In fact I just received a tempting new mailing from no other than Robert N. Friedman, Loehmann's Chairman and Chief Executive Officer, announcing the "Exclusive Reaping the Rewards Program." "Our program is simple," it reads, "for every 100$ you spend, you'll receive 100 bonus points. There is no limit to the number of points you can accumulate, the more you spend, the more points you'll get. You can redeem your points for extra savings on all your purchases."

UNOS TOMATES DE NEW JERSEY

¿Qué sos
sino un triangulito de tierra
perdido en la mitad del mundo?
"¿Qué sos Nicaragua"
Giaconda Belli

Es una de esas expresiones que ya se han convertido en folklore en mi casa. Cuando las cosas van de maravilla o estamos disfrutando de un momento agradable, decimos con ironía:

—Sí, pero... ¡Lo que yo daría en este momento por unos tomates de New Jersey!

Y no es que no me gusten los tomates, que como buena mediterránea es una de mis comidas favoritas. Claro que incluso en esta cuestión tan sencilla hay que tener en cuenta las diferencias culturales. En mi familia los tomates se comían bastante verdes, duritos, sobre todo si eran para la ensalada. Aquí, en New Jersey, donde son famosos los tomates, se comen bien maduros, rojos, y tengo que confesar que así es como están mejores. Son mucho más jugosos y tienen un sabor más rico.

—¿No será que ya estás demasiado americanizada?— me pregunta mi padre que no está dispuesto a ceder en ninguna discusión, en especial si se trata de comida. Pero ésta no es una historia de comida, aunque lo parezca, pertenece mas bien al género de la literatura de viajes.

Llegamos a Nicaragua por la frontera con Costa Rica, por la provincia de Guanacaste, pasando por el gran lago Nicaragua y Granada que parecía una ciudad fantasma, casi abandonada desde la revolución, tan distinta a la bullanguera ciudad andaluza. Era un lunes caluroso, lluvioso y húmedo como todos en Nicaragua. Si el lunes es el día más pesado de la semana, entonces es lunes siempre en ese país. También era lunes cuando tuve el accidente en el hotel y acabé en la sala de emergencia donde me dieron siete puntos en el talón. Otro lunes fue el que pasamos muertos de miedo en Estelí donde ese mismo día habían estallado unos focos de violencia de los recompas, los antiguos revolucionarios sandinistas. Lunes era el día que se suponía que saliéramos de vuelta a los Estados Unidos, pero no pudo ser porque un ciclón, Bret se llamaba, no dejó aterrizar ni despegar ningún avión.

Como los de la fama, éramos trece profesores en un viaje cultural a Centro América, o lo que en inglés se llama "a baker's dozen." Cada uno tenía sus propias razones por interesarse en esa región. Los dos sociólogos del grupo se percataron de las duras condiciones de los trabajadores y los niños viviendo en la miseria, respectivamente. El artista observaba la belleza de la naturaleza, el color brillante de las flores y los pájaros como para que no se perdieran en la exhuberancia de ese mundo tan monstruosamente verde. El jesuita, aparte de intentar convertir a los infieles académicos presentes, se maravilló de la riqueza de las iglesias en medio de tanta pobreza. El bibliotecario concluyó que esta gente no tendría verdadera libertad hasta que pudieran adquirir más libros. Los de negocios se quedaron boquiabiertos frente a los desajustes económicos. La enfermera lloró al ver las condiciones sanitarias de algunas villas miserias. Y los literatos, entre los que me contaba yo misma, prestamos particular atención el día que visitamos la aldea donde nació Rubén Darío y su casa-museo en León, tan diferente también de su homónima ciudad castellana. Las dos maestras de escuela, con la habitual dedicación americana, tomaron nota de absolutamente todo.

Eramos un grupo muy dispar y al estar juntos varias semanas, lejos de casa y sin nuestras familias de ancla, algunos barcos se fueron a la deriva. A los pocos días del viaje, la mitad del grupo —hombres y mujeres— estaban enamorados del periodista mexicano, un tío guapo, es verdad, pero rarísimo y lleno de recovecos que desaparecía de vez en cuando sin dar cuenta a nadie. Según las malas lenguas, ya en Houston, en el aereopuerto, el bibliotecario le dijo que tenía un trasero estupendo. Me daba la impresión de que el viaje había exacerbado la personalidad propia de cada uno. Los solteros estaban más cachondos que nunca; los infelices en su matrimonio, les contaban sus cuitas a cualquiera sin ningún miramiento; los más escépticos llegaron a la amargura y los optimistas se habían convertido en unos viva la virgen. Yo estaba más sensible que nunca y me pasaba las horas analizándolo todo, tratando de comprender, además de la cultura del país, la psicología del grupo.

Al principio, lo que más me atraía era la verificación de que el realismo mágico tan cotizado en la literatura, era absolutamente verdadero. No hacía falta usar mucha imaginación, lo más importante era observar. Como el día que estábamos comiendo en Alejuela, un pueblecito costarricense, y hubo un temblor. No era el primero que pasábamos, pero sí fue el más fuerte —midió 5 en la escala Richter. El grupo nuestro mantuvo la calma en todo momento mientras evacuábamos la sala-comedor, aunque una mujer, y eso que ella parecía del lugar, gritaba descontroladamente. Tuvimos suerte, a pesar de que algunas construcciones vecinas sufrieron derrumbes, nosotros pudimos entrar de nuevo al restaurante y terminarnos el casado, que es un plato surtido riquísimo de carne, arroz, huevo frito y plátanos, aunque ya hubiera pasado su momento de luna de miel. Nos pusimos eufóricos. Nos reíamos por cualquier cosa, conscientes de que nos habíamos escapado de un peligro. Hasta nuestro compañero, uno de negocios que siempre hacía preguntas inoportunas en voz demasiado alta, porque el pobre era duro de oído, nos hacía gracia:

—¿Es que estamos en la época de los terremotos? Les decía a los camareros como si se tratara de lluvia o de tomates.

Al entrar en los aseos yo me atreví a preguntar:

—Oye, ¿vosotras notasteis algo raro durante el temblor?

Por la cara de complicidad que pusieron y la risa que se nos contagiaba, supe que también ellas lo habían notado. Había sido algo así como un orgasmo. No he podido confirmarlo, me pregunto si sucederá en otras partes. Nunca lo he oído comentar en este país donde también hay terremotos en California. ¿Será esta una de las razones por las que se dice que los hispanos saben disfrutar más de la vida?

Todavía íbamos a sentir otra sacudida. Estábamos dando una vuelta por el pueblo comentando la historia del americano William Walker y el niño Juan Santamaría, cuando pasamos por una placita y nos dimos cuenta de que estaba completamente cubierta de fruta. ¿Qué había pasado allí? Los árboles también se habían sacudido dejando caer sus frutas maduras. Fue un momento maravilloso, ¡como si hubiera sido una lluvia de mangos!

El mismo hotel donde nos hospedábamos en San José tenía su intríngulis. Primero nos dimos cuenta de que además de hotel, servía de casa de citas. Por las tardes, a esa hora que los josefinos llaman la nochecita, empezaban a hacer acto de presencia parejitas atortoladas que más bien parecían estar vestidas para ir a una competición de baile, aunque no se tratara de "strictly ballroom." Ellas llevaban faldas cortas, vaporosas, de colores estridentes y ellos pantalones estrechos y camisas blancas. El dueño era un americano de Texas que llamaba "baby" a todas las empleadas y que le plantó un beso con lengua y todo a nuestra directora el día que nos marchamos a Nicaragua.

Fue él quien nos dijo que en el hotel había fantasmas, unos espíritus benignos que habitaban en la parte antigua del edificio. Un día, nos contó, todas las camas aparecieron hechas; otro al entrar él en uno de los cuartos, allí estaba un fantasma leyendo el periódico —muy de acuerdo con el programa educativo del país, pensaba yo. En el grupo todo esto fue ocasión de risas y bromas, menos con una de nuestras compañeras —negra y sureña— que aseguró haberlos visto ya, inclusive había notado una mano que se le posó en el brazo y la punta de una enagua blanca que se iba corriendo. El periodista confirmó que también él había notado algo raro en su cuarto y no se refería al olor a fruta madura que emanaba allí. Parecía ser cierto que, como estaba justo debajo de la oficina, en su habitación se magnificaban los sonidos. Conste que esto yo no lo sabía por experiencia propia, me lo aseguró uno de sus muchos visitantes.

Un día durante el desayuno casi nos convertimos todos en creyentes. No había ninguna duda que del cuarto de nuestro don Juan salía una musiquilla extraña, cuando nosotros sabíamos perfectamente que él había pasado la noche fuera y no había vuelto todavía. Todos comíamos en silencio y, cuanto más callados estábamos, más claro se hacía que además de música se oían voces allí dentro. El dueño del hotel, con la llave maestra, acostumbrado ya a esos percances, entró y aclaró la situación. Esta vez no se trataba del fantasma: el periodista había dejado el despertador dado.

Otras veces, sobre todo en Nicaragua, lo fantástico tomaba un caríz mucho más serio. Empecé a notar que había algo familiar en las calles de Managua. Los edificios destruidos en medio de las avenidas llenas de tráfico; la catedral sin techo ni ventanas, abandonada, como un recuerdo de una guerra reciente, aunque después me enteré de que había sido destruida en el gran terremoto de 1972; los niños harapientos pidiendo limosna en las esquinas. Era la misma sensación que causa ver la proyeccción de una película que ya se ha visto y olvidado y que uno recuerda conforme la vuelve a ver; "esto ya lo he visto yo antes, o ¿lo habré soñado?"

Mis compañeros gringos no compartían mi sentido de "déjà-vu." Nos pasaba a menudo, mis reacciones eran marcadadmente diferentes a las del grupo; por mi acento castellano, mi identidad quedaba pronto establecida yendo de mal en peor: de yanqui a gachupina. Al ver el número de lisiados, sobre todo los hombres jóvenes a quienes les faltaba una pierna, o los brazos, sentados en sillas de ruedas, me di cuenta de que esta ciudad me recordaba a Valencia en los años de la posguerra española. La misma destrucción y pobreza, la falta de medicinas y alimentos básicos, a pesar de que los tomates fueran originalmente de América. Los niños solitarios y tristes, las mujeres fuertes y sufridas, los hombres cabizbajos en actitud de derrota. No me extrañó al descubrir que también allí se usa el término "posguerra" para describir esa etapa política. Sí, yo ya había visto esa película y a menudo los incidentes de cada día cobraban un nuevo significado para mí.

También nosotros nos habíamos quedado sin medicinas y eso que llegamos bien abastecidos. Casi todos habíamos tenido un catarro que nos dejó con tos por días y nos atacaba a deshoras. Nuestra intérprete, una americana que estuvo casada con un revolucionario, fue la última en contagiarse. Tosía en el autobús tratando de explicarnos la polémica acerca de la nueva catedral, construida en medio de un descampado, alejada del centro de la ciudad y con un techo que parecía unas enormes tetas blancas de mujer. Había que buscar jarabe para la tos; no encontrábamos en ninguna farmacia, tan mal surtidas con poquísimos productos y muchos de ellos caducados ya.

El chófer conocía a alguien que tenía jarabe, nos podía pasar por su casa. Era un barrio como tantos, casas delapidadas con la pintura desconchada, fortificadas con vallas y cerraduras, en medio de una vegetación exhuberante de flores magníficas y olorosas, testigos de la belleza que ya se había perdido. Paramos enfrente de una casa muy pequeña, pero con aspecto protegido y fresco. Salió una mujer embarazada, llevaba un niño de unos ocho o diez años (siempre aparentaban menos de los que en realidad tenían). Sí, tenía jarabe; precisamente se lo acababa de traer una amiga de Miami. Nos invitó a pasar con la habitual cortesía, a pesar de que éramos tantos y no hubiéramos cabido. La casa era oscura, pero acogedora, con un olor a humedad al que ya nos habíamos acostumbrado en el hotel. La mujer salió con el jarabe, abrió la botella y le dio una cucharada a nuestra cicerona que se lo agradeció en el alma. Podía volver al día siguiente si no se encontraba mejor, nos dijo. En el autobús, el de negocios, quien seguía sin enterarse y había que explicarle todo tres veces en voz alta, comentó:

—Es rara esta gente ¿no? Darle una cucharada de jarabe nada más.

La intérprete se mejoró, ella ya estaba acostumbrada a curarse a base de milagros. Me fascinaba esta mujer. Su marido murió en un accidente de avión en Cuba y ella había decidido quedarse a vivir en Managua con su hijo. La vida en los Estados Unidos se le hacía plástica y no pudo volver a acostumbrarse, no le parecía real. Yo la invité a cenar una noche. En mi papel de cronista quería que me contara la historia del héroe revolucionario, pero acabé convencida de que el verdadero héroe era ella, como todos los que habían sobrevivido. Quizás se trataba de un realismo trágico en vez de mágico.

Las cenas eran los momentos más agradables. Refrescaba con las lluvias de la tarde y casi siempre había una brisa suave que hacía ondularse a las palmeras. La oscuridad escondía mucha de la sordidez visible a la luz del día. La gente se sentaba en los patios iluminados con velas o a la luz de la luna y se les oía comer, escuchando música, riéndose al aire libre. Los restaurantes se animaban y por unas horas nos olvidábamos de la dura realidad de aquel día.

Era una noche de ésas, brillante con estrellas, fresca y perfumada por no sé qué flores tropicales: flamboyanes, tamarindos, jacintos, probablemente. Algunos de nosotros habíamos vuelto a la galería de arte que servía comida esa noche. La exposiciónn era de artistas que habían seguido la tradición de la colonia de Solentiname. Unos cuadros de colores vivos, llenos de pájaros acuáticos donde la naturaleza era siempre la protagonista, cubrían las paredes. Nos sirvieron en el jardín de atrás. Milagrosamente allí no se podía oír el tráfico de Managua. Se veían las estrellas y la luna. Estábamos alegres esa noche; comimos bien, una cena sencilla, típica, refrescante, una carne asada con gallo pinto que es una combinación de arroz y frijoles negros (ya nunca las llamaba judías) y abundantes mangos. Era uno de esos momentos maravillosos del viaje. ¡Pura vida! que decían los nicos. Pena que el de negocios, que se nos había pegado al último momento, tuvo que exclamar con su voz bien alta:

—¡Ay, lo que yo daría en este momento por unos tomates de New Jersey!

THE PROM-MOM

I had already chosen the title for this story before the tragic events of last summer involving a high-school senior took place. When all the local papers, and some national ones as well, plastered news of the Prom-Mom on their front page, I was thinking of changing my title, but now I've decided to leave it since they do have a relation after all, metaphorically speaking, and in respect to irony.

This is one of those stories that I must write in English, because how would I explain in Spanish what a senior prom is? Well, I could say that it's an end of the school year dance, but that would hardly do it justice, since it's so much more. It's a rite of passage, the biggest social event of a young person's education. It's something like a "quinceañera" festivity in Puerto Rican culture, a coming out into society celebration, but we don't have anything like that in Spain, so it still wouldn't help. I'm sure the word comes from promenade, a formal ball. I didn't appreciate what it was when I spent my senior year at Lincoln High School in Seattle. I had to wait until my daughters had their own proms to experience, vicariously, the full impact of it.

The whole concept of school affairs was new to me when my family first arrived to this country. In Spain the most we ever did was have a "guateque," a small party at home on Sunday afternoons with a few neighborhood friends for some dancing and a "merienda," usually home-made snacks and beers or, on special occasions, a "Cuba-libre," a rum and coke. The only activities that my French nun school ever organized outside the classroom were religious: our first communion; spiritual exercises; "flores a María," a celebration in honor of the Virgin Mary in May which did coincide, more or less, with the end of the school year. But the thought of the nuns arranging a dance for us in the midst of the postwar years seems really incongruous. Under the auspices of Franco's sister, the "Sección Femenina" made sure that young Spanish women adhered to the strictest of moral codes and any social activities with boys were frowned upon.

That's one of the reasons I loved my American school. There were parties practically every weekend and most of them were coed. My first invitation was to a Hawaiian luau given by the French Club. It was hard describing it to my parents. What did I mean that I had to dress in a muumuu? What exactly was a theme party? Why did I need to order a flower lei to go dancing? I could hardly dance the swing as it was, had I gone crazy? What did Hawaii have to do with France, anyway?

I'll remember this gathering as long as I live. It was held in Jeannie Johnson's house, in a big, green back yard full of shrubs and flowers, as they often were in Seattle. The food was beautifully arranged in platters with tropical fruits; the main course was ham with pineapple which I thought was the most exotic combination I had ever tasted. The drinks were big and colorful with tiny paper umbrellas sticking into cherries floating on top, but without the rum; it was so odd that American kids could not drink alcoholic beverages at such a fancy event. We learned to dance the hula, the conga and the limbo, we learned to say I love you in Hawaiian; I don't remember speaking a word of French.

It was even more complicated explaining to my parents what a slumber party was. The thought of spending the night sleeping at somebody else's home, even though my father had already called to confirm there wouldn't be any boys present, was enough to get him thinking of reporting it to the police. My mother had to run to the department store to purchase a nightgown and robe set with coordinating slippers, never mind that I just wanted to wear pajamas to be like everyone else. How was I ever going to became an American with such foreigners for parents?

Actually, what I loved most were not the parties, but the after school activities, something else unheard of in my country. I joined a group for each day of the week: the International Club, formed by other exchange students like myself and Americans who had been abroad and were interested in other cultures; the Carolers —I had always wanted to sing— who performed at school functions; the French Club, a lively group indeed; and my favorite, the Drama Club. I couldn't believe that we had a big auditorium, a stage, sets, backdrops, costumes, props, lights, all to ourselves.

I started by being the Grandma in the skit for the convocation at Thanksgiving —another entirely new experience with all that business about the Pilgrims and the Indians. Since I wasn't quite ready yet for a speaking part, I dressed up like I belonged in Little Red Riding Hood's story and greeted the Carolers who were singing: "To grandmother's house we gooo." Then, I was the understudy for Sabina in Thornton Wilder's *The Skin of Our Teeth*, the senior play, and I even got to do the part one weekend when the real lead was sick. If my classmates in the French nun school could have seen me then! How I had the nerve to get on that stage and flirt shamelessly with George Antrobus despite my thick accent is unbelievable to me even now.

Absolutely the most fun I had in my American high school was the one act play tournament.

I decided to direct *The Apollo of Bellac* by Jean Giradoux, since I've always been fond of theater of the absurd, although Mr. Rideout, the drama coach, felt that it would be too sophisticated for our school. I had two of the most popular students in the class in the roles of the protagonists. Apollo was appropriately tall and handsome with a perfect American crew cut, Thérese was the real Sabina; both were strikingly dressed in grey and black. The stage was bare with just a few props and a dramatic spotlight; and in a touch of poetic license, the red carnations were substituted with yellow daffodils. After a week of competition, my play was one of three finalists to be performed for the entire school on Saturday evening.

I was surprised that my parents seemed excited about it and had decided to come, not my brother, of course, who could not tolerate any competition from his little sister and stayed in the basement tinkering with his electronic equipment. I think that some other friends from the University came also. I wore a new outfit that my mother had made for me: a yellow wool dress with a matching bolero jacket which still looks sharp in the "Totem," the school yearbook. I remember well that I wore high heeled shoes because I almost tripped as I ran up the stage to receive the best director award. I was mad at myself for crying, but I felt better when I saw in the audience that my mother was crying too.

I wasn't nearly so emotional about any of the parties, although partying could put you in delicate situations. I really didn't have a "steady" boyfriend like most of the American girls. I felt more comfortable going out in groups, as we used to do in Spain which was less stressful. But, when I was asked to go to a Valentine's Day party by Jorg Rustige, I felt flattered and accepted. Like myself, Jorg was a

German exchange student; I knew him well —or so I thought— from the International Club. He was very tall and that meant that I could wear high heels, which I loved, I still liked being shorter than the boys back then.

The evening started on a humiliating note since Jorg couldn't drive in this country and my brother had to take us to the party. It was not far, in Spain we would have walked or taken a bus, but that was unheard of in the States. The party was held in someone's basement all decorated with pink and red balloons, with cupids and hearts on everything: plates, napkins, cups. Even the food was of red tones: strawberries and cream, Jello with marshmallows, how would I ever explain this to my mother when I got home? They were just like cotton balls, but sticky and sweet and you could eat them, floating in cherry-flavored gelatin. No wonder my parents couldn't understand theme parties.

We played some embarrassing games, all having to do with kissing and romance. Even one that looked like fun at first in which we had to spin a bottle and I was eager to learn, turned out to be more of the same. I was mortified. I liked Jorg well enough, but this was the first time I went out with him; in fact it was the first time I had gone out alone with anyone. To make matters worse, after we finished the games, the lights were dimmed and everyone started to dance with their dates to some ridiculous slow music. I couldn't dance to it and my high heels didn't help matters. Weren't American kids supposed to be experts at rock-and-roll and the twist?

What I really didn't know was that Jorg had been madly in love with sweet little Mary all year, and that they had just broken up, and that she was there dancing with her new beau. I found out when they made up after we did one of those dances in which we were asked to change partners unexpectedly. Mary's beau and I left the party and went upstairs to the kitchen where some adults were sitting. I have always loved American kitchens, they are so cozy and friendly. I had already noticed that we'd sit there to have a snack after school when we'd go to a friend's house, and not in the living room as we used to do in Spain. I could tell that the parents felt bad for me, but I was relieved to be away from the dark basement with the awful games and the silly music, to say nothing of Jorg dancing with Mary. They wanted to take me home, but instead I had to wait for my brother as we had arranged. That was the worst part, he teased me and laughed unmercifully telling me to stick to directing plays and stay away from dancing and kissing.

I realize now how un-American I must have been then. Instead of being traumatized by this event, I thought it was funny. It did, though, make me loose my taste for theme parties and made me suspicious around tall men. To this day, however, my daughters think that I had a terrible senior year, especially since I didn't go to the prom. It doesn't matter if I tell them a thousand times that I wasn't upset, that I was happy just going on the senior cruise.

The cruise was also held close to the end of the school year, it was an all day event. Everyone bought tickets and went in groups, not as couples like the prom. It turned out to be a beautiful, sunny day, which wasn't the norm in rainy Seattle. We boarded in Puget Sound and stopped to eat and swim at Blake Island State Park. Now this was fun! It reminded me of the outings that we used to take on Sundays in Spain, but instead of going with our parents, it was with our classmates. It turned out that I paired off with a boy from Louisiana, Conrad Duprez was his name, and the two of us really hit it off, we talked a lot about what it was like to be from another place. It was too late by then, or maybe I would have gone to the prom with him, even though I still didn't know what I was missing.

* * *

I had to wait for my first prom experience until Tina was a junior in high school. This time it was my turn not to understand why she'd go with a boy she hardly even knew, but it turned out that it was prestigious to be asked by someone a year older than she. I was upset at having to buy such an expensive gown with matching shoes for just one event. Little did I know that we still needed to order flowers for him in coordinating colors (some things never changed) and to buy the official pictures taken at the prom (even though we had taken plenty of them at home). Actually the young man's mother had also come over to see the happy couple off to the ball.

But the real hairy part (excuse the pun) was to get Tina's hairdo just right for the occasion. She has such a beautiful head full of black curls that I thought she should wear it natural, but she insisted on having it done. We went to my beauty shop where Lex, an open homosexual, turned it into a huge bouffant that made her look like a total stranger. No sooner were we out of the shop, stuck in rush-hour traffic, that Tina started to cry uncontrollably. By the time we got home her hair was down, her face was a red mess with mascara dripping on it and she had to rush upstairs to wash her hair again and fix it herself as she always did. Her sister Andrea watched this entire operation with great attention, undoubtedly taking careful notes for when her turn would come in five short years.

Tina's senior prom was a less traumatic event, the dress rehearsal of the year before had paid off, I guess. She went with Grant, an old friend who had been with her in several school plays. They weren't romantically involved, but it was obvious that they were having a great time together, sort of like one more performance. They had agreed to reverse the usual colors and she wore a long black formal gown (unheard of for a prom then) while he rented a white tuxedo. But this prom has a very sad ending too; last year Grant died of AIDS and Tina had to wear black again to read the eulogy at his funeral. I often think that this disease is for my daughters' generation what the Vietnam war was for mine.

By the time Andrea was ready for her proms, both she and I were pros at this business. She used her sister's pink dress for her junior year and made sure that her hairdo was a classic, subdued style. The proms, though, had changed considerably. Black was the color of choice for the young women, the dresses were a lot more slick, low cut and provocative. The parents' car was no longer suitable transportation, they had to rent a limousine. And the affair had been expanded from a prom night to become a prom weekend; the kids usually went away to the beach directly from the dance. Sort of backwards from the senior cruise and the prom of my old school in Seattle.

I started to miss not having been at a prom; I felt like Cinderella after having helped the sisters with their dresses. I wanted to go as a chaperon the year of Andrea's senior prom —my last chance for the dance— but Andrea wouldn't hear of it. She was afraid I'd ask the disc jockey to play a tango or sing along aloud if I knew a song. I wanted to see the decorations done in a retro tropical cruise theme, I wanted to hear the band and dance to the new disco music, maybe they would even play some limbo.

I mentioned it to my Spanish friend Conchita, whose daughter was also going to the prom, and she immediately agreed to go with me. She didn't understand the significance of this event, why she had been taking her daughter to the Fair in Seville all her life and now she couldn't go to one of her dances? I explained to her that it would be like tagging along in someone's honeymoon. But she was in this country for only a year and now that I had planted the seed, she wasn't about to miss it. Neither one of our husbands wanted any part of it, we were on our own; we'd have to go stag to the party.

The prom took place in a luxury hotel in downtown Philadelphia, the days of the decorated school gym had long passed. Conchita and I went to scout the place and found the perfect spot for our outlook: a cocktail bar with one-way windows in front of the elevators. The day of the prom we were both giggly with excitement, we didn't get our hair done, but we did dress for the occasion. My friend, always so stylish, wore a gold lamé blouse over a long black skirt and I felt great with my tuxedo pantsuit. Andrea left early with Jordan, they were going with another couple in a stretch limo and were planning to go directly to the beach from the prom. Conchita's daughter was going with a group of friends which was often done by then.

We sat at the bar, first row seats. Soon the promenaders started to come down the escalator which we could see at our right and then waited exactly in front of us to ride up to the top floor. In formal clothes the young people looked so different from their usual selves, suddenly they seemed much older than seniors in high school. Some of the women wore cocktail dresses, but most had long gowns, not big, full ones, but rather slinky and tight showing off their shapes. The men had found their style in different types and shades of tuxedos, the days of the matching bow ties and cummerbunds were also passé. Their hair ranged the entire spectrum from spiked, to long with pony tails for the men and from punk to big hair for the women.

For what seemed like a long time, we couldn't see our daughters come in. We were afraid that we had somehow missed them in the crowd. The waitress told us that it would serve us right for doing such a tacky thing as peeping on our daughters' prom. Conchita's daughter arrived first with her friends. She looked very Spanish with a short, tight, emerald green dress and a bright red shawl with huge flowers on it. I could tell that her mother had been her personal designer.

I couldn't figure out what was taking Andrea so long. It turned out that she had gone to yet another party before the prom at a friend's house. Just to see her enter was worth the long wait. She looked regal in a long hunter green (her favorite color) gown with short gloves and my pearl handbag. Her blond hair looked simply elegant twisted in a French braid which accentuated her bare shoulders. Jordan was his usual handsome self, the best looking guy that Andrea ever dated. I wonder what has happened to him, we haven't heard from him in years.

In retrospect we should have left then and kept the beautiful image of our kids entering the ballroom in our minds. But even parents don't know what is best for them once in a while and we came back again at midnight as they left for their weekend getaways; that was a mistake. We parked across the street from the hotel and watched from the car. What a different scene it was! Most of their clothes were disheveled; the dudes had their jackets off, the gals carried their shoes in their hands and their hair hung in disarray. The young ladies and gentlemen had been transformed back into pumpkins, or normal teenagers. To make matters worse lots of them started to change their clothes right in the street before getting back into their rented limos. Their bathing suits appeared under the ball gowns and tuxedos and their boisterous demeanor showed that they had something else in mind other than dancing. We didn't wait to see our daughters, we were afraid we'd run into them as we were rushing away from that bacchanal and we preferred to think that they somehow still looked pristine.

Andrea didn't find out about Conchita's and my escapade until the following morning. I called where she was staying because we heard that there was a terrible car accident on the road to the shore, a young woman had lost her life and another was seriously injured. To this day she hasn't forgiven me for intruding upon her party and is convinced that I acted that way because I was traumatized for missing my own prom.

* * *

Last summer's Prom-Mom story is by far the most incomprehensible. According to the newspaper account, Melissa Drexler, an eighteen-year-old high school senior, gave birth to a child in the rest room during her prom. Within twenty minutes, she was back in the ballroom asking for a song, "Unforgiven" by Metallica, whose lyrics start: "New blood joins this earth, and quickly he's subdued; through constant pained disgrace, the young boy learns the rules." Melissa has been charged with murder after the autopsy revealed that her six-pound baby boy died from asphyxia "due to manual strangulation and obstruction of the airway orifices."

Melissa, in the pictures I saw, appears completely normal in a black, flowing dress, entering the prom with her boyfriend at her side. She looked very different the day of her arraignment, much younger with her hair down, but equally trendy with her finger nails painted in bright blue to match her sun dress. I'm sure we'll hear a lot more gruesome details when this case comes to trail and there will be plenty of blame placed on society, the parents and, of course, Melissa. One thing is certain, though: for those young people who went to the prom in Melissa's school, and all over the country, if they heard about it, the relevance of their senior prom has a new unimaginable meaning.

UN GUATEQUE EN LA CASTELLANA

Fue al oír esa música de Django Reinhardt, ese jazz tan evocador que nos gusta escuchar cuando hacemos el amor. Es un disco compacto que conmemora los mejores años del famoso guitarrista gitano que tocó en París con el Quintette of the Hot Club of France durante los años de la posguerra europea. Fue exactamente durante una interpretación de "La Mer" con la guitarra de Reinhardt, el violín de Grappelli y un contrapunto de piano, bajo y tambor. Debía ser tan distinta la versión que yo conocía de joven, probablemente era de orquesta rítmica, algún conjunto de música para bailar.

Era viernes, el final de una semana larga y pesada de trabajo; una semana llena de complicaciones en la universidad, con reuniones desagradables y discordes, como suele suceder cada curso durante las primeras semanas de clase. Decidimos salir a cenar y al cine a charlar un rato, tratando de desintoxicarnos de la rutina. Ya nos ha pasado otras veces, si nos quedamos en casa acabamos perdiendo la tarde enfrente de la televisión mirando uno de esos programas de noticias sensacionales o me lío en el teléfono hablando con alguna amiga o mis hijas. Entonces Peter coge la guitarra y se decide a tocar un rato antes de acostarnos cansados.

Esa noche no transcurrió así. Cenamos en un restaurante de moda, un sitio pequeño que acababan de abrir en el barrio al estilo californiano con vinos y platos originales. Hablábamos de buen humor, riéndonos en vez de quejarnos de lo ridículas que pueden ser las tensiones en el departamento de lenguas. Estábamos conscientes de que queríamos seguir así para hacer el amor cuando llegáramos a casa sin perder la jovialidad. En todo nos encontrábamos en la misma onda. Los dos platos de la carta que me apetecían a mí, eran los mismos que él quería. Nos repartimos unos espagetis con alcachofas y unos cangrejos del tiempo, el postre lo tomaríamos después, en casa.

Me fumé uno de los cigarritos Ducados en la barra del bar mientras Peter se tomaba el café. Lo saboreé con calma porque se me estaban acabando y no podría comprar más hasta el próximo viaje a España. Además, aquí no dejan fumar en casi ningún restaurante —y menos puros de contrabando— pero esta vez nos dejaron sentarnos allí, donde no había casi nadie, haciendo la vista gorda; me sentía privilegiada.

Vimos *Emma*, una película bastante divertida basada en la novela de Jane Austen. Una historia romántica y sentimental, que en cualquier otro momento nos hubiera parecido cursi, pero esa tarde nos hizo mucha gracia y nos sonreíamos con complicidad cuando a los enamorados les salían las cosas bien. Estuvimos abrazados toda la película, comodísimos, sin tener que cambiar de postura cien veces como generalmente nos sucede.

Al entrar en casa estuvo a punto de fastidiarse el momento. Las dos máquinas contestadoras indicaban que teníamos varios mensajes, pero no caímos en la tentación de escucharlos sabiendo que eso podría cambiar nuestro buen humor. Otras veces nos ha pasado, hemos fastidiado una noche tierna por alguna puñeta a deshora sobre la oficina o mi suegra.

La casa estaba tranquila y acogedora. Esta casa llena de libros y de guitarras; esa combinación tan personal de muebles nuevos y antiguos que representan diferentes etapas de nuestras vidas. Los primeros meses después de que mis hijas se independizaran, se nos hacía raro al entrar a casa encontrárnosla vacía, hasta la perrita se había marchado con Andrea. Pero ahora nos encanta sabernos solos, poder hablar de cualquier cosa a nuestras anchas, cenar a cualquier hora o salir inesperadamente si nos da la gana.

Habíamos dejado las ventanas abiertas porque, a pesar de estar en septiembre, todavía hacía calor. Se notaba una leve brisa y se olían las flores del solario. Sin acordarnos del postre, fuimos apagando las luces y Peter escogió unos compactos. Es así cuando una vive con un músico, siempre decide él en esas cuestiones.

En el piso de arriba se notaba más el calor, sobre todo en nuestro dormitorio donde había dado el sol toda la tarde. Abrimos las ventanas del cuarto de los huéspedes que es el más fresco. Bueno, había sido el cuarto de Andrea, nos estamos acostumbrando a llamarlo de esta nueva manera. Se oían las cigarras que habían estado de jaleo todo aquel verano. Parecía que los grandes olmos de esta parte del jardín estuvieran arrullándolas, incluso se notaba el movimiento de las ramas en el viento. Di el ventilador del techo que siempre me hace pensar en la película *Casablanca*. Abrí la cama de sábanas frescas y apetecibles.

La verdad es que este cuarto ha quedado precioso desde que lo arreglamos; con esa mecedora al estilo español reflejada exactamente en el retrato que Picasso le hizo a Jacqueline que cuelga detrás y la cama antigua de hierro que me recuerda una de la casa de Valencia en el cuarto de la chimenea donde yo nací. El resto de los muebles son sencillos, de pino natural para crear contraste.

No dimos la luz para dejar las ventanas bien abiertas, aunque no creo que puedan vernos los vecinos cuando los árboles están llenos de hojas. Peter puso la música un poco más alta que de costumbre para que la oyéramos desde nuestro

cuarto. Entraba la claridad de la luna que se re-
flejaba en nuestros cuerpos desnudos.

—Oye, pero ¡qué bien se está en el cuarto de las
visitas!... si es mucho más fresco que el nuestro.

—Será por eso que nos duran tanto los invitados...

Me perdí entre las notas de "I'll Never Be
the Same," Reinhart tocando solo, una de mis ba-
ladas favoritas. Siempre me pasa así, que en algún momento cuando estamos haciendo el amor,
dejo de oír la música, como si se hubiera terminado el disco. Como si nos hubiéramos transpor-
tado a un lugar sin límites ni sonidos, ya no noto
si hace calor o si entra la luz de la luna. Pero
después del orgasmo, exhaustos sobre las sábanas revueltas, lo primero que oigo son las notas
de otra composición, como si la música empezara
de nuevo.

Era "La Mer."

—Escucha, Concha. Aquí Django toca un acorde
fuera de sitio.

—Pero, hombre, ¿a quién se le ocurre notar eso
en este momento?

Fue una sensación extrañísima. De repente los
golpes de mis risas por la salida de Peter, se
convirtieron en un llanto profundo, incontrola-
ble, y me sentí transportada a ese guateque donde recuerdo perfectamente haber oído esa misma
pieza. Peter me arrullaba tratando de consolar-
me, sin saber lo que me pasaba, mientras le contaba las sensaciones de aquella otra noche tan
lejana.

También debió ser una noche calurosa, porque recuerdo que me preocupaba manchar el vestido de sudor. No sé por qué yo sudaba fácilmen-
te en esa época y se me notaba mucho cuando
llevaba ese odioso vestido azul turquesa con vo-
lantes blancos. Creo que por eso habíamos salido
al balcón, para refrescarnos, y no para estar solos como dijo después el metementodo de mi her-

mano con gran choteo. No me extrañaría que también hubiera sido septiembre; era el final del verano, de eso estoy segura porque todavía no había comenzado el curso que entonces empezaba en octubre, después de la Virgen del Pilar.

Mi hermano tenía un amigo que vivía en La Castellana y me dejó acompañarle a ese guateque, cosa milagrosa porque además eran chicos universitarios. La casa era lujosa, con grandes cortinajes en los balcones y muebles elegantes. Había grandes floreros y objetos de plata sobre mesas y aparadores. Las vitrinas estaban llenas de figuritas de porcelana y cristal. Hasta los vasos para nuestros refrescos eran de lujo, parecían regalos de boda. El guateque tenía lugar en una gran sala-comedor y no en un cuartito interior como los que dábamos nosotros.

Las chicas jóvenes como yo hablaban entre ellas y no parecían interesadas en conocerme. Me llamó la atención ver a tantas rubias escotadas, bronceadas por el sol. Yo no conocía a nadie allí, no salía mucho del barrio del Niño Jesús donde prefería bailar con Jordi Van Ness, mi amigo de toda la vida. Pero esa noche, como después me dijo mi hermano, me solté mucho. Bailé con varios chicos desconocidos, todos bien peinados y con olor a colonia, más formales que los de nuestro barrio. Creo recordar que algunos llevaban chaqueta y todo.

Salí al balcón con un chico alto. No me acuerdo de cómo se llamaba, sé que me gustaba porque he conservado en mi memoria esta escena por tanto tiempo. Dentro el tocadiscos tocaba "La Mer" que se oía distanciada mientras nosotros hablábamos en el balcón. Yo conocía esa melodía, la teníamos en casa; siempre me aprendía las canciones en francés. No sé cuál fue nuestra conversación, es como si hubiera sido una escena muda, silenciosa, excepto por la música: una adolescente hablando con un joven en un balcón.

¡Qué bonita estaba la Castellana a esas horas! Había poco tráfico, pero se veían varias parejas paseando. Las terrazas de café en la parte central del bulevar parecían barcazas flotando en medio de la calle, algunas estaban cerrando ya. No tardarían en salir los encargados de regar las calles con sus tremendas mangueras. A mí me gustaba Madrid mucho a esas horas íntimas y oscuras.

Y ahora, inesperadamente, me estalla el recuerdo de aquella noche y lloro con tanta nostalgia por el tiempo pasado, perdido ya para siempre, menos en mi memoria. Lloro porque me encuentro tan lejos de la Castellana en el tiempo y en el espacio. Lloro de felicidad porque aquella joven insegura, reprimida, que casi no se atrevía a charlar con un desconocido en un balcón ha crecido, ha amado, ha sufrido. Milagrosamente, es ahora una mujer madura que ha criado dos hijas a quienes ha visto irse ya de casa. Una mujer que ha pasado por los avatares de un divorcio y un nuevo matrimonio. Una mujer que puede reir y llorar en los brazos de un hombre que lo comprende todo.

Esa noche fue la primera que nos quedamos a dormir en el cuarto de las visitas, sin molestarnos en pasar a nuestro dormitorio, al fin y al cabo ahora tenemos toda la casa para nosotros.

A LA FERIA DE MUESTRAS CON
LA TÍA REBECCA

Como se trataba de una exposición de productos comestibles, restaurantes y libros de cocina, debería haberle explicado lo que decimos en español de que va como un huevo con una castaña, pero casi seguro que no me hubiera comprendido. Así somos las dos; más diferentes es imposible. Ella es rubia, bajita, y yo soy alta, delgada y morena. Ella tiene 87 años y yo quiero creer que todavía soy joven con mis cincuenta cumplidos. Yo hago las cosas de prisa, sobre todo si se trata de museos o exhibiciones de éstas y ella es parsimoniosa. A las dos nos gusta comer, pero más a ella que a mí y aquel día especialmente porque las pequeñas muestras de comida eran gratis. Y es que ella es una ahorradora empedernida. Sabe mucho de números, de inversiones, de los cambios de la bolsa y piensa que yo no soy muy lista porque dinero para invertir no tengo, eso desde luego. Sus sospechas se confirman porque tengo acento al hablar el inglés y no conozco todas las expresiones que ella usa del Yiddish, ni doctorado en filosofía ni nada, ella está convencida de que no comprendo bien y todo me lo dice gritando lo cual es una cosa que me pone los nervios de punta, como si ser sordo fuera lo mismo que tener acento.

—No grites, tía, por favor, que te oigo perfectamente.

Nada más llegar al gran centro comercial donde se celebraba la exposición, se puso a probarlo todo, se saltaba las colas tremendas que había para acercarse a las mesas y exclamaba en voz alta que esto estaba riquísimo, o malísimo, o saladísimo. Yo me sentía un tanto avergonzada, aunque la gente parecía tolerarla al ver que se trataba de una mujer mayor. No se lo dije pero sé de sobra que lo que ella estaba haciendo se llama tener "chutzpah," o cara dura en cristiano.

—Y tú ¿no comes nada? ¡Qué sosa eres!

—Es que no me gusta ir probando comida.

De repente se me había ido la gana y se me antojaba que la comida estaría llena de microbios americanos, que son los que me afectan el estómago.

Y entonces, ¿qué hacía yo allí con ella? Estar con la familia de mi marido para mí es como entrar en una de esas cajas chinas porque ya no sólo se trata de no ser americana, sino de ser la "shiksa" de la familia, o sea la infiel. En particular con la tía Rebecca que es la más ortodoxa de todos y la única que de verdad presta atención a las fiestas del calendario judío. El día que me conoció me hizo sentir muy incómoda cuando me interrogó sobre mis antepasados históricos, a ver si había algún inquisidor en mi árbol geneológico, por eso digo que es una mujer atrevida, con "chutzpah." En ciertos aspectos la admiro mucho y trato de salir con ella siempre que puedo o hay algo que sé que le gustaría, aunque me arrepienta en el momento que pongamos las dos el pie en el portal y me amoneste:

—¿No tendrás el coche lejos, verdad? Que la última vez me hiciste andar hasta la esquina...

Además de atender sus inversiones, entiende mucho de medicina y sabe cuidarse y lidiar con los médicos. Se toma la presión si nota que se le avecinan las palpitaciones que la aquejan de vez en cuando. En varias ocasiones ella misma ha llamado a la ambulancia para que la lleven a la clínica si siente que es grave y una vez que no llegaban a tiempo, se montó en su propio coche que todavía conduce, y allí se fue ella. Por si esto fuera poco, se tiñe el pelo ella solita. Yo dejé de hacerlo en casa hace años porque salpicaba las paredes y me ensuciaba de pies a cabeza, ella me regaña por ser una manirrota y pagar esos precios al peluquero.

Mi marido, que al fin y al cabo es su sobrino, procura salir con ella lo menos posible y me agradece en el alma que me ocupe de ella. Van a la sinagoga los días de "Rosh Hashanah," el año nuevo, y en el "yortzide" de mi suegro, el aniversario de su muerte, que yo a eso ya no me presto. Lo que más le cabrea es que ella sea tan racista. Existe todavía cierta animosidad entre las dos minorías americanas, los judíos y los denominados "afro-americanos." Cuando salimos, aunque no venga a cuento, tiene que hacer algún comentario sobre las criadas negras, ya que siempre la están dejando plantada y después añade compungida:
—Ya sé que no te gusta que diga estas cosas, pero es que nunca falla con los "schvartze."
Tiene un extraño convencimiento de que las mujeres que vienen de las islas del Caribe no son negras, aunque el color de su piel sea mucho más oscuro que el de las afro-americanas en los Estados Unidos. Me mandó a Sherryl, una mulata preciosa de Guadalupe con su recomendación porque no era de color. He tratado de explicárselo, que no tiene sentido, ni su racismo ni su clasificación étnica, pero no quiero seguir haciéndole preguntas para enterarme de su extraño racionamiento porque temo acabar confirmándole mi falta de sentido común.

Tampoco le gustan los homosexuales. Subíamos juntas en el ascensor el otro día con un hombre muy guapetón él y ella me dio un gran codazo. Luego me explicó que era el hijo de una vecina y que vivía en San Francisco, lo cual es evidencia, en su opinión, de su orientación sexual.
—Ya me dirás tú si no ¿qué hace él en San Francisco?

Y se alarma cuando le digo con intención que hay homosexuales en todas partes y posiblemente en cada familia, ya que me consta que Lisa, mi cuñada, es lesbiana.

—"Oy veigh" y ¿qué me vas a decir ahora de tu familia?

No sé qué consideraría peor que tuviera antepasados inquisidores o que hubiera homosexuales en mi familia española.

A veces pienso que se lo aguanto todo porque se supone que somos sus herederos. Pero no es cierto porque siempre que puedo la llamo para salir de compras, sobre todo si voy a Loehmann's que tanto le gusta. Además lo de la feria de muestras y muchas otras salidas fue hace algunos años cuando todo se lo iba dejar a Sarah y Joshua, otros dos sobrinos. Luego se disgustó con ellos por un feo que le hicieron, no la invitarían a alguna circuncisión o algo así, y están sin hablarse más de dos años.

Por fin me animé a coger unos cupones para aceite de oliva en la feria de muestras. Los americanos, tan ahorradores ellos como la tía Rebecca, son muy aficionados a los cupones, sobre todo en el supermercado y yo sigo cocinando a la española.

—¡Coge más, coge más! ¡No seas tonta!

Decía ella a voz en grito:

—¡Qué son de dólar cada uno, es como si te dieran billetes!

—Sí, pero dice; "Please take one."

Y ahora ¿quién no comprendía su propio idioma?

Se quemó con el café, yo no me había ni arrimado a la mesa porque no lo pruebo, pero la podía ver hacer espavientos. Lo probaba todo mezclando lo dulce con lo salado, lo frío con lo caliente, en unas combinaciones que serían el orgullo de algunos hogares americanos, ¡ya podría ayunar el día de "Yom Kippur," ya! Menos mal que tiene el estómago a prueba de bomba o acabaríamos en la clínica esa misma noche.

Cuanto más animada estaba ella, más melindrosa me sentía yo. Me molestaban hasta los olores y me dolía la espalda de estar de pie toda la tarde mientras que la tía Rebecca parecía no cansarse.

—Venga tía, vámonos. Te invito a cenar.

Aquello sí que me proporcionó una regañina. ¿A quién se le ocurría salir a cenar con toda la comida que aún quedaba allí? Debería estar más convencida que nunca de mi estupidez.

No hubo manera, continuamos aquel vía crucis hasta que las colas amainaron y algunas de las casetas se estaban quedando sin muestras. Acabé comprando una botella de vinagre con estragón y un broche plateado con unos utensilios de cocina monísimo; sería un recuerdo de esa tarde tan bonita. Esto le confirmó a la tía que yo era una derrochadora; ella no se había gastado ni un céntimo y mira que comprar vinagre...

—¿Por que no te esperas tú aquí y yo voy al aparque a por el coche?

Yo no tenía más que ganas de escaparme unos momentos de su perspicaz mirada.

—Sí, sí, que estoy reventada.

Y ahora se quejaba del cansancio haciendo pucheros. Muy apropiado al ambiente de la exposición, pensaba yo. Fue otra expresión del español que dejé de explicarle.

Una vez, Peter y yo la llevamos a ver *Cats*, una comedia musical que estaba muy de moda. Fue un gran error. No me acuerdo por qué llegamos un poco tarde y tuvimos que encontrar los asientos a oscuras, pero no en silencio. Nada más sentarnos yo podía notar un fuerte olor a naftalina del chaquetón de piel que había resucitado para una ocasión tan especial como ésta y estuve sentada torcida alejándome de los rancios vapores, casi como de gatos, que emanaban. La música estaba demasiado alta, eso es la verdad, pero a la tía Rebecca no le gustó nada: ni la extravagancia de los bailes, ni el atrevimiento de los disfraces, sin decir nada de la letra de las canciones basadas en los poemas de T. S. Eliot que hubieran podido estar en español y no se hubiera enterado menos. Para más Inri, yo acabé con un dolor de nuca que ne fastidió un par de semanas.

Mi suegra y ella tampoco se hablan y con razón. La tía Rebecca de joven estuvo liada con mi suegro, pero se ve que se entendieron siempre porque fue ella quien terminó cuidándolo cuando él ya estaba muy enfermo en una residencia de ancianos. Yo no me enteré hasta unos años antes. Sarah me puso al día cuando discutió con la tía Rebecca. Me acuerdo que metí la pata después cuando ella me preguntó si el abuelo seguía viendo a su amiga de Nueva York y yo que sí, que había venido a verle varias veces y que hasta se había quedado con él en la residencia un fin de semana completo. Que conste que esto no tiene nada que ver con mi acento, ¿quién me iba a decir a mí que una señora de ochenta años y pico estaba liada con su propio cuñado, un viejo de otros tantos que sufría de la enfermedad de Alzheimers y que él tenía otra novia, además de la de toda la vida? No sé si esto le define al suegro como "mench," una buena persona, o como "schmuck," un aprovechado, en eso ya no me quiero meter.

Debió ser guapa de joven, he visto algunas fotos y se ve que le gustaba vestir bien y llevaba la melena rubia muy cuidada. Incluso ahora, siempre va enjoyada y pintada, demasiado en mi opinión, claro que no se lo digo. Nunca tuvo hijos. Según mi suegra se provocó varios abortos porque es una egoísta y no los quiso y por eso se había quedado tan sola. Bueno, no tanto pensaba yo porque esa era la temporada de las visitas al suegro en la residencia, pero esta vez yo ya no soltaba prenda.

El año pasado por fin accedió a ir a mi peluquero para que le hiciera un buen corte de pelo, aunque no le permitió que le tocara el tinte, fue mi regalo para "Hanuka." La dejó muy graciosa, con un peinado corto lleno de rizos grandes. Hubiera querido tener una cámara para hacerle unas fotos de recuerdo, nunca la había visto tan bien antes. A los pocos días, aunque aseguraba que no quería quejarse delante mío, no hacía más que decir que se estaba quedando calva desde que fue a mi peluquero. Que le había cardado el pelo y ahora se le estaba cayendo a puñados.

Lleva una semana en la clínica. La voy a ver preocupada. Cada vez que vuelvo me temo que sea la última crisis, aunque ya ha salido de la UVI y está tiranizando a las enfermeras. La encuentro leyendo el periódico, la página de economía, naturalmente. Hay un anuncio para la feria de muestras de este año.

—¿Te acuerdas de la vez que fuimos juntas?

Y es que está convencida de que yo voy a perder la memoria antes que ella.

—¡Qué bien que lo pasamos!... Bueno, por lo menos yo, tú eres un poco sosa para ir probando comida. Claro, por eso estás tan delgada.

* * *

A veces la realidad es más fantástica que la ficción. Resulta que unos meses después de escribir esta historia mi suegra y la tía Rebecca se han puesto gravemente enfermas las dos y, aunque ni la una ni la otra querían, han acabado en la misma residencia de ancianos. Menos mal que no están en el mismo piso y que continúan sin hablarse porque si no aún acabarían matándose; cada una tiene una foto suya abrazada a mi difunto suegro en la habitación. No me extrañaría que alguna enfermera lo note un día y se lo comente a ellas y entonces se armará la trifulca, entre tanto los familiares sonreímos y guardamos este secreto de familia.

THE GIRL NEXT DOOR

The concept of the girl next door doesn't exist in Spanish; someone who represents the goodness, the familiarity of the all-American female, the person who you know so well after years of closeness, a likely date or even a future wife for a neighborhood man. How different it is in French, for example, where "la femme a coté" is rather a temptation, a dangerous possibility lurking nearby, a woman definitely not so virtuous, who could wreck someone's marriage. I'm not exactly sure where my next door neighbor, Angela McBride, fits in. I think she has some aspects of both.

Her physical appearance is rather innocent and plain, except for her hair. I can't say that she is beautiful in the classical sense, but she is striking with her head full of red, curly, unruly hair which she often ties with colorful ribbons in a seemingly casual manner. When she works in the yard, one of her favorite occupations, she always wears a big brimmed hat to shade her light skin from the sun. I think that she cultivates her natural appearance; she looks like a young Katharine Hephurn. She doesn't use make up, but her cheeks are always rosy. She has pretty eyes, green and almond-shaped, pity that she wears thick glasses in a tortoiseshell frame.

She is really an artist, although she hardly ever paints any more of the lovely watercolors she used to do when we first moved in. Now she illustrates medical books, the male anatomy in particular. I remember how shocked I was the first time I saw all those drawings of nude, muscular men hanging in her study; it was the last thing I expected to find in Angela's house.

At first we weren't close friends, we only spoke over the back yard fence and our conversation was mostly about the garden, since she is so knowledgeable. My daughters were very intrigued about her, though, and they used to keep me abreast of her comings and goings. They would report after taking the dog for a walk, that there was another car parked overnight in front of Angela's place, not the yellow one they had seen there before. I wondered why she wouldn't have her friends park their cars in the garage where her nosy neighbors couldn't see them.

After a few years, we began to spend more time together; we even played tennis on a few occasions when her regular group needed a fourth and I was around, which didn't happen very often. Later, she started confiding in me about her love life and I made a habit of stopping by to chat with her after I got home from the university. If she has finished drawing for the day, we sit on her porch, Angela with one of her hats on, drinking tea.

For a while she dated an Italian man. A young dude who could have posed for one of her illustrations in a medical book. It didn't seem to matter to her that he was so much younger than she. Angela was proud of him; a serious piano student who still lived at home and shared with her a strict Catholic upbringing. I thought he was a gigolo, but didn't tell my friend. During summer vacation they went to Italy together to visit some of his relatives. It seems that a not so kind soul, perhaps unfamiliar with Katharine Hephurn, not appreciative of Angela's natural beauty, told her she was too thin and too old for him. He still comes by occasionally when she needs some heavy work done, he's good with his hands, stone and brick in particular. I wish he would give us a hand with our own patio that's always in disrepair.

I thought for sure she would finally marry Patrick, the librarian in a nearby college, whom she met at church; they seemed so well suited for each other. He was a recent widower, a quiet, distinguished man and she really fell for him. She used to bake him brownies —her specialty— and fussed over him constantly, a lot more than over other suitors. I knew that something wasn't going well when he spent the Christmas holidays, so important to Angela, away with some family friends and didn't invite her to go along. And indeed there was, Angela was crushed when the widower soon married an old friend of his late wife. The irony of this love story is that Patrick died unexpectedly of a massive heart attack sitting at his desk in the library. Angela, for a long time, acted as if she were the weeping widow, never mind that the librarian had married someone else.

Although I had promised Peter I would never play the matchmaker role again, Angela was so sad that we both relented and invited her to dinner one evening when Charles was visiting us from New York. The two of them seemed to hit it off, speaking animatedly and kidding each other. Charles has been around the block a couple of times, but is young at heart. Despite several serious illnesses and two marriages, he regularly falls in love with his young music students. Soon after that, Angela issued her own invitation to the three of us which we two denied with some lame excuse. It didn't work out anyway, I think that used to his Pygmalion role, Charles felt there was little he could teach Angela, or perhaps he felt self conscious about his surgical scars, as if he were being studied, with all those male models around.

For a long time Angela went out with a British sailor, but I never got to meet him. She would drop whatever she was doing and disappear when he was in town, she was definitely his girl in this port. Actually she went to other ports with him as well. On a couple of occasions she asked us to keep an eye on her mail while she'd fly halfway around the world and I suspected that the sailor was involved, although with her coy demeanor she had not told me so. My daughters would ask in amazement:

—Singapore? What is she doing in Singapore?

I wondered too what it was like to be single, having a different man in your life regularly, as Angela did so casually. I had gone from one marriage to the next in a relatively short time and I'd complain, half jokingly, that I had never been to a single's bar in my life, that I hadn't really dated around yet. This sort of talk made my daughters very nervous:

—Oh Mom! Stop that, you don't want to be dating anymore!

And they quickly agreed with Peter that it was a jungle out there, that it wasn't fun to be single, that it was lonely and even dangerous; there was nothing like being married.

Actually, Angela didn't seem lonely to me, she appeared quite happy with her life style; she was independent and self-sufficient. She had less family responsibilities, she had lots of time to herself, and she always had a man to keep her company when she wanted it. It was as if, instead of having a husband, she had a different man to fulfill each role: lover, handyman, travel companion, each according to his specialty. I did ask her once why she had never married and she surprised me by telling me she was going to at one time, that she had every intention of walking down the aisle with someone who had been the love of her life, but that she hadn't been lucky with men. I had no idea she had been engaged, but I always thought that there was more to Angela's story that she kept to herself, no matter how much tea we'd drink together.

Well, not exactly engaged. It turns out that she had an affair with a priest for many years, before we even knew her. He used to be assigned to her parish, just down the street. They were both young and in love. He had become a priest only to please his mother, a devout Catholic very much like Angela's own mother, but he promised her to leave the priesthood and marry her as soon as his mother died. I have no idea if she was ever even sick, but I didn't dare ask because I could tell how much pain there still was in Angela's face.

The girl next door felt very guilty about this relationship. She lived in fear that her mother —who was healthy— would find out and then she would die before the other of a heart attack. I was brought up Catholic in Spain, but I left the Church when we came to this country and besides, Spanish Catholism was nothing compared to the Irish-American version, I knew that. In Spain there were many priests who lived with their mistresses during the postwar years who they simply said were their nieces or their maids.

The priest and Angela had to be very careful where they met. It couldn't be at her place nor in the parish house because of the neighbors. Then I felt guilty since, even though I blamed my daughters, we all kept an eye on Angela's life. I wondered if the relationship had been platonic or if Angela continued to take confession and communion with the priest. My imagination was running to one of my favorite XIX century Spanish novels, *La Regenta*, where the chaplain was in love with the Regent's wife. I imagined Angela's priest with evil eyes and a conniving personality like Fermín de Pas.

Wait a minute, no, it hadn't been platonic, that louse. Now Angela was telling me details about his anatomy and how well everything worked, so comfortable with the terminology due to her artistic ability. I couldn't believe my ears. She had a way of always surprising me. Or could it be that it had been Angela who was after him shamelessly? Maybe it was she who teased him, egging him on, permitting him anything but penetration, as American Catholic girls were rumored to do?

The affair ended when the priest was transferred to another parish in New Jersey. She still waited for his mother to die, but the only thing that passed away were the best years of her youth. Actually, I met him recently at Angela's mother's funeral. I didn't want to like him, but he was indeed charming and still handsome, although he was much shorter than I imagined him. He hadn't left the church yet and I didn't have the nerve to ask him if his mother was still alive.

Now the "femme a coté" is seeing Jack, an unhappily married man who takes dancing lessons with her. They go out two or three evenings a week and we hear tangos playing next door very late at night. She is so much into the dancing scene that they are going to enter in some competitions. He also helps around the house and seems to have taken over the yard work. Now it's he who takes care of her mail when she is away on long trips.

Just the other afternoon, Angela and I were talking about our Christmas plans. She's going away to Scotland and I have a busy schedule at home. I'm organizing two separate dinners because Peter's mother and aunt Rebecca —who despite being Jewish expects to be included—

don't speak to each other and we can't invite them together. My daughters are bringing their boyfriends and each of them has requested a favorite dish.

I'm convinced, when Angela leaves, that we are both happy with our lives and that we wouldn't exchange places if we could. No matter how much we each complain about our own situation, we are both doing what we please. After all, if we don't do it now that we are both in our forties, then when?

JULY 21, DREAM #9: FANTASÍA

Sometimes I would confuse the two of them. It particularly happened in my dreams. One would blend into the other and when I'd wake up, I couldn't tell if I had been dreaming about my husband or my ex. It was scary, almost as if they were inter-ex-changeable: a husband is a husband or, worse yet, once a husband always a husband. It didn't matter so much if I was dreaming about some mundane event, which was often the case, but if it was a sexual encounter I'd wake up feeling guilty, ashamed, as if I were betraying my current husband.

It wasn't because they were at all alike; in fact they couldn't have been more different. Dieter is handsome, tall, with piercing blue eyes that betray his Aryan background. He is an A-type personality: aggressive, compulsive, a perfectionist who likes battle and winning. He was a Marine while I was married to him and is now a successful stockbroker. Peter is kind and gentle, a musician from a family of Rumanian Jews which treasures art and life above all else. He is by no means ugly, but is much shorter and less flashy, a rather swarthy-looking man with dark hair and sleepy, hazel eyes.

Amazingly, Dieter and Peter get along well, but I suspect that it is mostly an act. As far as Dieter, my ex, is concerned, it's part of his good manners and proper breeding. For Peter it is a matter of self preservation and a way to show off, to rub it in that he is now the "chosen" one. He really likes having the ex-husband around because Dieter makes Peter look good in my eyes. Is as if I cherish him more as long as I'm reminded of the other. When Dieter moved out West, I feared that I would miss the weekend visitation arrangement, my only free time away from the children. Peter said that he'd miss the tight hugs I would invariably give him no sooner than my ex-husband was out the door, and my urgency to run to the bedroom to make love. What was going to happen when I didn't have the first husband to compare with him?

It didn't help that their names rhymed as if they were identical twins named by some corny parents who needed yet another way to confuse their children. I'm constantly reminded of this when I spin my Prince tennis racket to decide the server: P or D? Peter or Dieter? Could it be that, since I picked them both they shared some invisible quality which somehow tied them together? Something like a common husband denominator. At least they have the same taste in women and they both revel in having a so-called trophy wife. It scares me to think how it might be with women who have been married three or four times —and I know several of them— their dreams must certainly be puzzling!

I hoped I wasn't crazy to feel perplexed. I had been married for a long time to each of them and even joked that, since they were such chums, they should both get together and plan a great thirty years anniversary gift to commemorate our marriages. I had met Peter so soon after my separation from Dieter, I deserved the honor of a thirty year wedding anniversary, it was almost consecutive, even if it took two husbands to accomplish it.

Sometimes I would also confuse them while I was awake and this could be disconcerting. It would happen if we were talking about films or some restaurant; had I seen it with P or D? Have we been there together or was it the other one? I'd ask Peter, who didn't seem to mind, as if it were somehow a victory for him. He wasn't quite so amused, though, when I would call him by my first husband's name: "Dieter, dear..., I mean Peter." But that hardly ever happened any more, and I never made that mistake in bed.

Much more embarrassing was when I would use my ex-husband's name to call Peter when we were among friends who would notice it. It would only happen if I had a margarita or some other drink that would go to my head, since I'm not a drinker at all. Then I would correct myself immediately, pretending they had heard the wrong rhyme or, worse yet, I would feel compelled to explain, awkwardly, how something like this could ever happen when I only loved Peter, who was so different from my ex anyway. If I was in my second drink, then I'd try to fix it with a joke and say: "whoever is here" or argue that there should be a generic name for all husbands, something like "dear Dick" as was the case for "dear John" letters.

It was after one of these embarrassing episodes that I decided to go to an analyst. Could it mean that I still loved my first husband? Could I harbor some repressed sexual feelings about him? My therapist reassured me that this was quite normal and, given the fact that I had been married for a long time, it was not so unusual to have the ex-husband appear in one's dreams. I was asked to keep a dream journal whenever this occurred that would help the analyst with possible interpretations. Part of my homework was to date, number and title my dreams.

Dieter had always been a voyeur and I enjoyed being watched —in that sense I was the perfect accomplice— that could help explain the initial situation. I was in the bathroom of the new house, I was pretty sure of this because in our old home I had to share it with the entire family and it was small and dark. This bathroom was airy and had a window which let in lots of light and, besides, the color scheme was that of the new place. I was taking a shower while my husband was practicing repertoire for a concert, I could hear the repetitive notes of the guitar. So far so good, I was afraid it was going to be another one of those confusing dreams, at least Peter was nearby.

The fact that I was naked and enjoying the privacy of my own bathroom made me feel sexual and free. I lathered my bright yellow bath mitts with some lavender gel and spread it all over my body: it felt smooth and cool on my legs and buttocks, I was careful not to get it inside myself because I knew it could burn. I rinsed slowly, pushing my head back, letting the water run into my mouth. When I stepped out of the shower, the mirror was somewhat fogged up, but I could still make out my silhouette. I looked good despite my fifty years. What the hell! I looked good, period! My breasts were round and firm even if they weren't as high as they once were. I had a small tummy and gentle hips that gave way to my long, svelte legs. The pubis looked dark still through the fog; it does bother me to have some gray pubic hair.

I wasn't sure when I noticed that someone was watching me from the open door to the bedroom; someone who had a much better view since he wasn't looking through the steamed up mirror. At first I thought it was Peter, although this would be out of character for him, then I realized that it couldn't be him because I could still hear sotto voce the notes of the guitar. Was it my ex? That was much more like it, and here I began to feel my anguish. Not to worry, said the analyst, I had done so well describing the first part of the dream; now I could go on to the next part: what was I feeling? What connections could I make to my waking life? And remember to record the day's notes, it was very important to place the dream into a context. What had I done that day?

It had been an uneventful day, we usually stay close to home the day before a concert. I had been writing all morning, we had eaten lunch together and gone for a walk on the beach. Then I had laid down for a nap. Oh yes, now I remembered that I had another sexy dream and had also showered after that to cool off. Maybe I was in more trouble than I thought. Don't interpret anything yet, said the analyst, focus on your emotions first. After dinner I read in bed while Peter played through the complete program; the rhapsodic sound of Rodrigo's *Fantasía para un gentilhombre* was too loud to be sharing the same room. We went to sleep early, so he'd be rested for the following day.

I took my time drying off, hiding and revealing my body with the towel as if in slow motion. I brushed my long, black hair; spread lotion on my neck, arms, breasts. The man in my dream asked me if I needed help reaching my back; I listened for the guitar music which now had reached a crescendo and told the man to stay away from the bathroom. But you didn't close the door, right? Asked the analyst. No, because I wasn't sure who he was. It felt threatening, yet it was reassuring since I could hear the counterpoint of the music. I could tell that the analyst was probably thinking that I felt safe as long as he kept his distance and didn't try to touch me, as long as my husband was there to protect me.

At one point I felt angry that Peter didn't come to check what was taking me so long in the bathroom. It made me upset that he wasn't jealous when my ex-husband was around, that he was so sure of my feelings. Eventually I got dressed in some clothes that I didn't recognize, something sexy like Dieter used to ask me to wear. I couldn't hear the music anymore. Now I

was painting my finger nails in a bright color
—something I hadn't done in years— again taking my time with each stroke. Now, why are you
laughing? How did the dream end? The analyst
asked seeming to be losing her patience.

As I entered the bedroom from the bathroom, he tried hugging me, his lips were very
close to my face and I was sure that he would
kiss me passionately before falling backwards
onto the bed, but I couldn't defend myself because I was protecting my manicure, with my
arms raised trying to keep my nails from getting
smudged. It wasn't funny when I first woke up, I
was once again troubled not knowing who was it
that had been in bed with me. Had it been Peter
or Dieter?

The analyst pried more: what did I consider my main conflict to be? What resources
could I have used to change the outcome of my
dream? What bridges could I make between the
dream elements and my waking life? I left the
session reassured that it was perfectly normal to
feel that I wanted to be looked at and to make
passionate love in the middle of the afternoon
instead of hearing yet another concert practice.
Perhaps that was an aspect from my first marriage that I missed. Still I wouldn't trade husbands for anything, not even in my dreams.

Peter also told me not to worry when I re-
lated my sexual fantasies to him, my ex could be
the man of my dreams, but he was still the man
of my life.

LA TARDE EN LA PELUQUERíA

Lo confieso. Me tiño el pelo. No sé exactamente por qué, ya que presumo de no ser vanidosa, pero, evidentemente, lo soy. De los estragos que van marcando los años, lo de tener canas no me hace ninguna gracia. Supongo que, como dice mi padre, peor es quedarse calvo. Claro que cada uno sabe donde le aprieta el zapato. Cuando voy a la peluquería y estoy allí media tarde —con todas las cosas que tengo por hacer— no me queda otro remedio sino observar y pensar, dos ocupaciones que a menudo terminan en historias como ésta. No es posible ni leer porque no puedo ponerme las gafas o me las tiznaría con la bazofia untosa, achocolatada, del tinte. Me da vergüenza dormirme, aunque frecuentemente me entra sueño. Lo único que logro hacer, a pesar de mi mala vista (otro síntoma de la edad), es afilarme las uñas y ojear las revistas del corazón que cubren los mostradores, mientras miro alrededor mío, digeriendo la escena.

La decisión de teñirme el pelo no la tomé así como así. Sin querer me estaba convirtiendo en la hija de Indira Gandhi, con un mechón de canas sobre la frente que me traía por el camino de la amargura. No me fiaba nada de las amigas que me decían que me daba un aire distinguido. Comencé usando henna, que aún es más asquerosa que el tinte porque al mezclarla se convertía en una sustancia terrosa, verdosa, de un olor fuerte y amargo que se untaba con una paletita para después tener que cubrirse la cabeza con papel de aluminio, como si una fuera una patata al horno. Pero me gustaba mucho como me quedaba, con unas mechas rojizas, de aspecto muy natural que me recordaba el pelo de mi propia madre.

Tuve que empezar con el tinte cuando un día, sin razón aparente, la henna me dejó el pelo completamente verde. Lo probé todo: vinagre, limón, huevos, acondicionador, champús, pero no hubo forma de quitarme ese color de marciano de película. Llamé a mi amiga Cristina que sabe mucho de esos mejunjes y me advirtió que la henna no debía usarse cuando una tenía el período o si había luna llena y es que ella es caribeña. Como si yo supiera a las cinco de la tarde si iba a haber luna esa noche o creyera en brujerías. Me puse una boina, me fui a la perfumería, me compré un tinte Clairol "Nice and Easy" para principiantas y allí comenzó el calvario.

Me lo teñía yo solita en casa, escondida en el sótano donde está la pila que uso de estudio fotográfico. Para que no se enterara nadie, lo hacía cuando mi familia estaba fuera en el trabajo o el colegio. Si alguien me sorprendía a deshora, les decía que estaba revelando fotos y que me dejaran en paz. Pero no era tan sencilla la cosa y cada vez se me quedaba el pelo más oscuro. A pesar de no haber cambiado el color, lo tenía más negro, no de cuervo exactamente, porque ni tan siquiera brillaba, aunque sí se empezaban a vislumbrar unos tonos azulados; era más bien un cabello mate y apelmazado.

Decidí subir la operación al baño donde había más luz para poder ver mejor el desperdicio, sobre todo por la parte de detrás que era la más estropeada. Fue un fracaso. Salpicaba las paredes manchando el papel que, por desgracia, nos habían cambiado recientemente. Sonaba el teléfono y lo contestaba sin darme ni cuenta poniendo perdido el auricular, o me sorprendía el cartero con un paquete urgente y tenía que abrir la puerta embadurnada con el betún del tinte.

Prometí ir a la peluquería para que me lo hicieran bien, aunque se enterara medio mundo, una vez que me tocó hacérmelo cuando estábamos de viaje. Fue en Oviedo, en un hotel pequeño, muy coquetón, donde dejé el baño hecho un asco. Desde luego que a quién se le ocurría poner toallas blancas, yo que estaba limpiando los azulejos con tanto cuidado. Me fui abochornada, no sabía si confesar mi delito o huír de la escena del crimen sin tomarnos el desayuno para que no me descubrieran in fraganti, pobre Peter y con lo que a él le gustan las medialunas asturianas...

No me acuerdo quién me recomendó a Lex, un experto en color de los más cotizados donde vivíamos. Congeniamos desde el primer momento, lo cual me hizo pasar de un calvario a una peregrinación porque tuve que seguirle a varias peluquerías. Yo no sabía entonces que los peluqueros se movían tanto en este país; en la peluquería de la Plaza del Niño Jesús está todavía la misma Anita de cuando yo era pequeña. Lex parece el homosexual típico porque tiene un aspecto extravagante y exagerado, además de ser mucho más guapo que la mayoría de las mujeres que trabajan con él, pero en verdad es un hombre sincero y original. Tiene el pelo largo, rizado, rubio, de un color brillante y natural que es el mejor anuncio para su profesión. Siempre lo lleva recogido en una coleta cuando trabaja, pero si se lo deja suelto se parece a Fabio muchísimo. Es muy artístico; toca la flauta, tiene un invernadero lleno de orquídeas y labra objetos de cristal. Vive hace años con Ronnie, un camarero casi tan guapo como él, aunque ya es bastante más mayor. Siempre tiene su foto, enmarcada en un bellísimo marco de cristal, hecho por el propio Lex, dondequiera que se encuentre trabajando.

Yo lo conocí en "Aprés," un sitio lujoso, decorado al estilo art decó con unos espejos tremendos, equipado a la última, iluminado como si fuera un teatro. La dueña, tan dramática ella también, llevaba un parche en el ojo izquierdo a lo pirata y siempre iba muy maquillada, vestida toda de un color, generalmente de blanco, rojo o negro. Los empleados no llevaban uniforme exactamente, pero tenían que ir vestidos de tonos grises. Me alegré cuando se cambió de lugar porque yo desentonaba con mi aspecto académico; las señoras que iban allí llevaban abrigos de piel —yo todavía no tenía uno— y estaban enjoyadas como si se fueran directamente a la ópera de la peluquería.

De allí se pasó a un sitio muy cursi; ya no me acuerdo cómo se llamaba porque estuvo poco tiempo, creo que era otro nombre francés que parecen ser tan estimados por las peluquerías americanas. Se notaba que estaba arreglado por un perfeccionista, todo apañado metódicamente, con plantitas aquí y allí y rinconcitos cucos para leer, para hacerse la manicura, para lavarse o secarse el pelo. Cada operario tenía una islita en medio, igual de mona y ordenada. Aquí era Lex, tan artista, quien desentonaba.

Ahora está en "Chez Anthony," un sitio bastante desastrado, un poco mal oliente de los potingues químicos; donde nadie lleva uniforme y se congregan grupos de amigas para charlar además de cortarse el pelo, es algo así como un café-peluquería. Aquí Lex parece estar muy a gusto, quizás porque realmente él es el más normal de todos, a pesar de ser una estrella.

A un lado de Lex trabaja una chica que tiene el pelo teñido de un color diferente y peinado en un corte totalmente nuevo cada vez que voy. Parece una de esas muñecas Barbie que son todas idénticas menos por el estilo de la peluca, además lleva la ropa ajustada y zapatos de tacón alto que complementan su aspecto provocativo. Resulta que la muñeca ya está casada y tiene dos hijos, no comprendo cómo puede conservar la figura, ni cuándo tiene tiempo para jugar tanto con el pelo. Al otro lado se coloca una morenaza muy robusta con un pecho impresionante que parece muy independiente y atrevida, hasta que me enteré que todavía vive en casa con su familia y que su padre es ese señor que se pasa las horas muertas esperándola en el aparque.

A la derecha de la entrada hay un tipo que destaca porque está sordo a pesar de ser muy joven y lleva un aparato en una oreja y un pendiente en la otra, como para equilibrar su sordera con su hermosura. El amo, instalado justo enfrente de la puerta, finge un acento inglés al hablar, pero en realidad es de Boston. Él hubiera sido la media naranja perfecta para la dueña de "Aprés" porque también le gusta vestir en conjuntos monocromáticos, en especial los negros.

El que más me entretiene observar es el especialista en pelucas. No sé qué edad pueda tener porque a veces parece un jovencito y otras da la imprensión de que ya es mayor, debe ser por cuestiones del maquillaje y la permanente, esas dos cosas sí que estoy segura que lleva. Nunca habla ni cotillea como hacen los demás, está calladito con sus figurines de cabezas afelpadas donde coloca las pelucas con esmero. Generalmente trabaja con dos o tres a la vez peinándolas con mucho cuidado, retocando cada ricito cien veces asegurándolas con un alfiler gordo a modo de estocada final. Cuando se sienta una clienta les peina primero los cuatro pelines legítimos y después los alterna con la peluca creando un efecto muy natural, o será que me lo parece a mí porque no llevo las gafas puestas.

No se debe pensar que, a pesar de su aspecto destartalado, esta peluquería es un lugar poco serio; al contrario, me consta que rige una estricta jerarquía. Las de abajo (nunca he visto un hombre que lo hiciera) son las que barren, recogen el pelo tan pronto cae en el suelo y se ocupan de las batas sucias y la limpieza del lugar. Después están las que lavan las cabezas quienes, a veces, también cogen la escoba si se tercia. Luego vienen las de recepción que contestan el teléfono, venden los productos de belleza especiales de la casa, llevan las cuentas y preparan el café. Hay ayudantas para todo: para el tinte, para las permanentes, para hacer mechas, para cortar el pelo a los niños.

Entre este grupo los cambios son frecuentes y veo que se puede subir de dar champús a ayudanta de tinte y después a operadora que corta el pelo con relativa facilidad. Los puestos más cotizados y que dan renombre a cada lugar, son los de los coloristas como Lex, y los peluqueros que ya llevan tiempo en el oficio y atraen a su propia clientela. Hay otros trabajos que están rígidamente establecidos como son los de los encargados de hacer las manicuras, las pedicuras, los peelings, las mascarillas, la depilación y los masajes, pero en eso ya no me meto.

A lo más que me atreví una vez fue a hacerme una permante, gran error de mi parte. Se habían puesto de moda ese año y varias amigas ya se la habían hecho. Decidí sacrificarme porque me dijeron que era muy fácil de mantener y sería perfecta para el viaje a España que tenía en puertas. Siempre me gusta ir allí a la última porque sé que me miran de pies a cabeza como si mi apariencia física fuera la medida del éxito que yo pueda tener en los Estados Unidos. Lex me regañó —le gusta ser mandón con las clientas— me advirtió que podía estropearme el color del pelo, pero no le hice caso y me salí con la mía.

Hacerse una permanente no es una experiencia para cobardes. Una tiene que soportar todo tipo de torturas llevadas a cabo por varias ayudantas: tirones de pelo, rulos apretados desde el cogote hasta las sienes, olores químicos que te queman los pelillos de la nariz al respirar, sin olvidar la impresión familiar de ser envuelta en papel de aluminio de nuevo. Total, un martirio de más de tres horas sin contar el golpe al bolsillo que es considerable. Además, hay que volver otra tarde para el tinte y el corte de pelo porque no se puede castigar el cabello tanto en un mismo día.

Yo tengo lo que se llama el pelo agradecido, o sea que no me había puesto un rulo en mi vida ni me había visto nunca con la cabeza tan rizada. Me pusieron un relajante dos o tres veces, pero ya no se podía hacer marcha atrás, tenía que esperar hasta que me creciera el pelo y la dichosa permanente acabó durándome más de seis meses. Me encontraba francamente horrible. Encima me alteró el color del tinte y estaba demasiado clara, casi rubia, no me reconocía en el espejo, acostumbrada a verme morena. Verdaderamente parecía una Mariquita Pérez de la posguerra, ni las pelucas del tío calladito eran tan artificiales como me había quedado el pelo, a pesar de que estaba usando gel brillante, suavizantes y varios otros productos nuevos para controlar la melena.

Ya no podía cambiar el viaje a Madrid y me fui haciendo de tripas corazón, temiendo las burlas de mi familia. No me equivoqué. Nada más llegar a Barajas, saliendo de aduanas, oí la voz de mi sobrina que decía:
—¡Andaaa, si se le parece a la Conchi!
Fue el choteo del verano, yo llevaba el pelo igual que la chacha y, para más Inri, también teníamos el mismo nombre. Y no era sólo la Conchi, la mayoría de las muchachas de servicio madrileñas seguían entonces esa moda que ya se había pasado el año anterior entre sus señoritas, ¡para que después digan que no están adelantados en España!

No tuve mas remedio que abandonar a Lex cuando nos mudamos a Philadelphia. Aún estuve un par de meses yendo hasta New Jersey fielmente, pero ya era mucha pérdida de tiempo. Ahora voy a "Le Salon Nouveau," un sitio unisex muy cerca de casa, y me estoy adaptando perfectamente a los avatares de la peluquería; al fin y al cabo vale la pena ya que mantiene esa ilusión de juventud. De vez en cuando, mientras se me fija el tinte, aprovecho y corrijo exámenes, que para eso no me hacen falta las gafas o me duermo un ratito, tan tranquila. Por cierto que la última vez me di un susto tremendo al despertarme; un señor a mi lado, idéntico a Graucho Marx, con la cabeza, las cejas y el bigote todo untado de negro, me miraba con atención. Yo le devolví la mirada, sonriéndole coquetonamente.

ENTREVISTA

Uno de los aspectos que más me gusta de mi profesión es la oportunidad que he tenido de tratar a diversos escritores. De joven ya me había acostumbrado a ver a personas notables que pasaban por nuestra casa del Niño Jesús a visitar a mi padre. También él acabó siendo amigo de varios de ellos a raíz de sus libros de crítica sobre la novela contemporánea. Me acuerdo perfectamente de las tertulias que se formaban los domingos por las tardes en el despacho; todos fumaban sin parar y discutían en voz alta. Mi madre preparaba algo especial de merienda y a veces incluso hizo una paella a la valenciana, ya que entonces todavía no eran tan conocidas en Madrid. Castillo-Puche y su mujer eran los que más frecuentaban nuestra casa, fueron ellos precisamente los que nos llevaron al aereopuerto de Barajas cuando nos fuimos a los Estados Unidos —nuestro viaje definitivo, aunque todavía no lo supiéramos.

Mi hermano y yo no formábamos parte de estas reuniones, generalmente nosotros habíamos salido a pasear con nuestros propios amigos y cuando volvíamos con el tiempo justo para la cena, ya se había terminado la tertulia literaria; sólo quedaba el olor a tabaco que tanto molestaba a mi madre y estaban los balcones abiertos de par en par para que se aireara el despacho. Pero, de vez en cuando, yo entraba a saludar y me quedaba un rato escuchando porque ya empezaba a interesarme la literatura, incluso había leído algunos de los libros que se comentaban. No sé por qué me acuerdo de una discusión sobre Sebastián Juan Arbó a quien yo acababa de leer y que me había causado una gran impresión y también tengo grabada la imagen de Ignacio Aldecoa sentado, fumando, en el sillón rojo del despacho de mi padre.

La tarde que vino Hemingway con Castillo-Puche sí que estaba yo en casa. Creo que debí quedarme a propósito porque con eso de ser extranjero nos parecía más famoso que los escritores domésticos. Creo que ya llegó borracho, aunque mis padres se enfadaron conmigo cuando se lo comenté después. Era un hombre muy robusto y olía a tabaco y alcohol mucho más que los contertulios habituales. Entró al cuarto de baño varias veces con lo cual lo pudimos ver a nuestras anchas cuando pasó por el pasillo. Hablaba un español con un acento muy marcado, pero más tarde nos daríamos cuenta de que en comparación a tantos otros americanos, tenía mucha más soltura, quizá por eso de estar algo bebido.

El primer escritor por el que yo me interesé ya por mi propia cuenta fue Jesús Fernández Santos. Supongo que el tener el apellido de mi padre me abriría algunas puertas, pero la verdad es que los escritores españoles son mucho más accesibles que los de otros países y una no tiene más que llamarlos y enseguida aceptan a ser entrevistados y dan todo tipo de facilidades. Así fue con Jesús. Le visité varias veces en su piso de la calle del Capitán Haya y pasamos unos ratos muy agradables charlando sobre muchos otros asuntos además de sus libros. Su salón era como un pequeño museo lleno de objetos de arte rescatados de las viejas iglesias que visitó para hacer sus documentales de cine. Le gustaba sacar alguno de ellos y comentar su origen y los detalles del rodaje. La última vez que lo vi fui con mi amiga Cristina que quería conocerlo. Ya estaba bastante enfermo, pero no lo suficiente como para haber perdido su afición a las chicas guapas; resulta que le metió la lengua a mi amiga al besarla de despedida.

Cada una de las entrevistas que llevé a cabo para mi libro sobre las escritoras de la posguerra fue en sí memorable. Eulalia Galvarriato me recibió en la biblioteca de su esposo que ella estaba archivando antes de que falleciera el ilustre académico. A pesar de tener entonces más de ochenta años, estaba subiendo y bajando de una escalerilla tomando nota de los libros a la vez que llevaba ella, con la ayuda de dos enfermeras, el cuidado de Dámaso Alonso que estaba ya muy enfermo. Hasta el último momento no sabía si iba a poder recibirme, pero habló más de dos horas, un buen rato después de que se terminara la cinta para grabar la entrevista. Con mi afán feminista traté de que admitiera los sacrificios personales que había hecho a causa de la carrera de su esposo, pero en todo momento afirmó su dedicación sin ningún resentimiento. No me extrañó en absoluto que la fotografía que me mandó después para el libro mostrara detrás de su figura dos fotos y un grabado de don Dámaso.

Mi encuentro con Elena Soriano tuvo justamente el tono opuesto. Ella no sólo se consideraba victimizada por el régimen de la posguerra, sino que sentía haberse sacrificado por su familia, a pesar de que su vida me pareció realmente privilegiada y burguesa. No me la imaginaba limpiando, cocinando y ocupándose de sus hijos como lo tienen que hacer las mujeres en los Estados Unidos por muy catedráticas o escritoras que sean. Por otra parte me daba una pena tremenda por los sucesos que precipitaron el misterioso fallecimiento de su hijo que ella después narró en *Testimonio materno* —irónicamente— puesto que es su libro más auténtico y expresivo, en mi opinión.

Sin embargo, Carmen Martín Gaite, tan absolutamente reservada sobre la muerte de su única hija, me comentaba que ella nunca podría hacer literatura de ese tema y es que los escritores españoles no son tan aficionados a las memorias como los americanos. Algunos de los momentos que he pasado con Carmen son los más entrañables de mis relaciones literarias. Una vez me leyó en su casa del Boalo el primer capítulo de la novela que estaba escribiendo, *Nubosidad variable*, y desde entonces puedo oír la sinceridad de su voz cada vez que leo cualquier obra de ella. O cuando nos sentamos a charlar en su salita empapelada de rojo —el famoso cuarto de atrás— donde le saqué esas fotos tan bonitas en las que tiene un aspecto pensativo y es que Carmen es una interlocutora ideal.

Sin duda alguna con Josefina Aldecoa tengo la amistad más íntima. Ella recordaba las visitas en el piso de mis padres cuando la llamé para presentarme y hablarle de mi proyecto crítico; no había sabido nada de ellos desde que se fueron a los Estados Unidos, ni tan siquiera que mi madre había fallecido. La conocí en su casa, en la provincia de Santander, un palacete realmente bellísimo en un pueblo encantador muy cerca de Santillana del Mar. Congeniamos enseguida; me sentía muy a gusto en su casa con su hija, su yerno y su nieto, el joven Ignacio, a pesar de que yo no estoy acostumbrada en absoluto a esos lujos. ¡Lo que yo daría por tener una piscina y unos jardines como los de su casa de veraneo!

En una ocasión Josefina y su familia vinieron a visitarnos a Philadelphia. Por una vez yo podría corresponder en el otro lado del Atlántico a las gentilezas de una escritora. Era unos días antes de la Navidad y había caído una nevada impresionante, decidimos dar un paseo en el parque de Fairmount, al lado del río Wissahickon que estaba completamente helado. Siempre me ha encantado ese lugar y nevado más todavía, ¡con lo que me gusta a mí la nieve! También fuimos por la noche a los jardines de Longwood, a las afueras de la ciudad, que son famosos, sobre todo en esa época del año porque los iluminan para las fiestas. El reflejo de millares de lucecitas trepando por cada árbol gigante, cada rama y cada arbusto en la nieve fue algo memorable. Cenamos en el barrio chino donde entramos en calor después de tanto frío invernal. A veces me doy cuenta, al mostrar Philadelphia a otros españoles, cuánto me gusta esta ciudad, como si fuera ya tan mía como Madrid o Valencia.

La escritora a quien más dificultad tuve de encontrar fue a María Dolores Boixadós. Tanto es así que estuve a punto de decidir no dar con ella. Había visto sus libros en la biblioteca de la Universidad de Pennsylvania, inclusive conseguí un libro de ella en la Cuesta de Moyano, en las casetas de libros al lado del Retiro, pero nadie sabía darme razón de ella, ni de dónde vivía. Decidí mandar una carta a todos los Boixadós de la guía de teléfonos de Barcelona (estaba segura de que era catalana), confiando que alguno debería ser un familiar de la escritora. Me llegaron varias cartas, algunas francamente increíbles, como la del seudo-intelectual que decía saber mucho de literatura y que me aseguraba que tal persona no existía o él la conocería. Por fin un médico, hermano de María Dolores, me escribió dos líneas con su dirección en Puerto Rico donde ella vivía hacía varios años.

Aproveché las primeras vacaciones que tuve de la universidad para ir a verla. El eslogan dice que Puerto Rico es la isla del encanto, pero yo diría que es el lugar de las contradicciones. Me quedé, por ejemplo, en una casa de huéspedes de la Universidad de Puerto Rico en el campus de Cayey, donde María Dolores estaba de catedrática, que parecía un verdadero paraíso, rodeado de flores y pájaros tropicales. Por la noche se oían los famosos coquíes croando inocentemente, pero me advirtió mi cicerona que llevara mucho cuidado que las violaciones eran una verdadera epidemia. Durante el día se podía ver a los alumnos de todas las razas charlando juntos amistosamente, mucho más integrados que en cualquier otro campus americano, por mucho que lo intenten. Gran fue mi sorpresa cuando una profesora me confesó durante el almuerzo que su familia tenía un "album de pelo" para establecer las diferencias raciales porque el color de la piel podía ser muy engañoso; sólo el pelo podía indicar el verdadero origen racial de las personas.

En general, los puertorriqueños por un lado se jactan de sus raíces españolas, pero por otro tienen un resentimiento tremendo a todo lo español. Lo mismo sucede en cuanto a su relación con los Estados Unidos; quieren ser independientes, pero no pueden vivir sin su ayuda. Otro tanto ocurre con el uso del lenguaje; les diferencia de los demás estados el uso del español, pero se expresan constantemente con palabras del inglés mezcladas en todo, desde los menús de los restaurantes a los libros de texto en las escuelas que también están en inglés. Cuando le comentaba a María Dolores sobre estos rasgos esquizofrénicos de la isla, ella corroboraba acaloradamente mis obervaciones.

No todas las entrevistas con escritores han sido fructíferas, de vez en cuando se da uno de esos desencuentros que me dejan perpleja. Tal fue el caso con Eugenia Serrano. Yo seguía en mi búsqueda de escritoras de la posguerra que por diversas razones no se habían convertido en parte del canon académico. Quedamos en reunirnos en el Círculo de Lectores en la calle de Alcalá en una tarde fría de invierno madrileño. Estuve esperándola un rato y ya creía que no vendría porque había estado un poco extraña en el teléfono, pero el camarero, que parecía conocerla, me aseguró con una sonrisita cómplice que a veces se retrasaba.

En efecto, nada más verla entrar por la puerta sospeché que sería ella. Venía toda vestida de color morado, desde la capa de lana, la boina ladeada, las medias ocuras, los zapatos de tacón grueso, la falda y el suéter, con un pañuelo suelto, larguísimo, a lo Isadora Duncan; parecía una gran berenjena ambulante. Entró saludando a medio salón y conforme se iba acercando a donde yo estaba, podía ver que llevaba demasiado maquillaje y que su ropa estaba ajada e incluso sucia. Tuvo momentos de lucidez, pero no lograba contestar mis preguntas, siempre se desviaba con una gracia muy suya por el Madrid de la posguerra, allá por el barrio de Chamberí. Y es que el tiempo no pasa igual para todos, a pesar de que Eugenia era exactamente de la misma edad que Mercedes Formica, a quien también entrevisté, y algo más joven que Eulalia Galvarriato, ella también había "perdido la primavera" como el título de una de sus novelas y era yo quien había llegado tarde para entrevistarla y captar su verdadera voz.

En realidad la entrevista a la que alude el título de esta historia es una que me queda pendiente; es la de Luisa Forrellad, un misterio que todavía tengo por resolver, aunque voy a proponer una hipótesis. Me interesaba el caso de esta escritora porque había prácticamente desaparecido a pesar de haber ganado el Premio Nadal de 1953. Como me sucede a menudo, tengo que hacer papel de detective para localizar a mis víctimas literarias. Conseguí su domicilio a través de la casa editorial de su libro, le mandé dos cartas antes de obtener respuesta, pero me contestó cordialmente por fin, indicándome sus planes de veraneo con fechas y lugares exactos, lo cual no explica sus acciones posteriores.

Quedamos de acuerdo en que la llamaría desde Barcelona, donde yo participaba en un congreso de hispanistas, para concretar el día de nuestra entrevista. Ella estaría veraneando en el Pirineo, "l'Hostal d'Espolla, tocando Francia," me indicó específicamente en su segunda carta, pero se acercaría a su casa cerca de Bellaterra, a las afueras de Barcelona para poder vernos. Yo cada vez tenía más curiosidad por conocerla, no sólo por lo literario, sino porque sus colegas de la universidad, donde ella enseña artes dramáticas, se extrañaban bastante cuando les decía que iba a entrevistarla. Todos me hablaban de lo huraña que era, de que no se trataba con nadie, de que "no estaba bien." Pero yo no desistía, a pesar de que mis llamadas telefónicas no habían tenido éxito alguno. En su casa no contestaron durante días y por fin cogió el teléfono una criada que me aseguró no saber nada de dicha entrevista y que su señora estaba fuera de veraneo. En l'Hostal d'Espolla, donde también estuve llamando, no conocían a la tal Luisa Forrellad.

A veces mi vida profesional se enreda con alguna situación personal y así sucedió ese verano. Yo estaba pasando por una mala racha en mi primer matrimonio y estaba separada, había aprovechado esas semanas para echar una canita al aire como sucede a menudo entre congresistas. Me apetecía abandonar las aburridas conferencias y hacer una excursión fuera de curso, además mi compañero conocía muy bien el Pirineo catalán. Tampoco podía decirse que esto fuera simplemente una aventura, puesto que yo iba tras mis pesquisas literarias, pensaba yo intelectualizándolo todo, como de costumbre.

Es muy difícil la discreción en el mundillo literario o yo tengo mala suerte, el caso es que en Figueres, donde paramos a comer, nos encontramos con Carlos Rojas, mi antiguo profesor de la Universidad de Emory; tiene razón David Lodge: "el mundo es un pañuelo." Fue imposible disimular, estaba claro lo que sucedía y Carlos, que siempre está a punto de chismear, se sentó con nosotros. Él que me conocía de mis días de esposa abnegada, bregando con dos niñas pequeñitas, me encontraba ahora con el pelo suelto. Lo de la entrevista a Luisa Forrellad, sin embargo, fue lo que más le interesó. Tampoco él creía que yo lograría dar con ella. Fue él quien me dijo que desde que falleció su hermana gemela, estaba la pobre muy afectada y no se trataba con nadie.

Y así fue, no conseguimos dar con su pista en el hostal y ya teníamos que hacer acto de presencia en el congreso; yo estaba francamente frustrada. ¿Por qué no me había dicho simplemente que no podría verme? ¿Por qué me había dado su dirección y prometido una entrevista? Me sentía culpable, como si todavía pudiera hacer algo más para dar con ella. De vuelta a Barcelona, decidimos pasar por su casa en Cerdanyola de Vallés por si había regresado allí por alguna razón, para algo teníamos la dirección exacta.

Es tan hermoso el Pirineo catalán. Casi no lo disfruté por la dichosa entrevista. Esos valles de matices verdes, llenos de curvas estrechas y empinadas; esas vistas inesperadas a la vuelta de cualquier barranco; ese cielo azul con nubes blancas espesas; esos pueblos abrazados a las montañas con flores y mazorcas colgando de sus balcones. Esas iglesias perdidas en las alturas; esas piedras frías en sus arroyos de agua cristalina; esa paz.

El barrio de Luisa Forrellad también era bonito; toda un área frondosa de chaletitos cuidados con árboles frutales en los jardines. Su casa estaba justo en una curva, muy cerca de la carretera. Paramos el coche medio subido en la acera para dejar paso, casi tocando la verja. Un pastor alemán salió enseguida ladrando ferozmente, dándonos un susto tremendo, sin dejarnos ni acercarnos a la puerta. Decidí escribir una notita para meterla en el buzón, pero ya estaba cansándome de esta búsqueda.

Ya nos íbamos, hartos de los ladridos del perro que no se había callado un segundo, cuando una mujer mayor salió al zaguán. Debería ser la criada que contestó mi llamada telefónica. Tenía un aspecto terriblemente desastrado, iba en combinación y descalza con una rebeca echada por los hombros. Estaba completamente despeinada con unas greñas que me impidieron verle bien la cara. Parecía totalmente, sin exagerar, una bruja, hasta le faltaban un par de dientes. Reconocí su voz destemplada: que nos fuéramos, que su señora no estaba, que no sabía nada de ninguna entrevista, que sí, que le daría la nota, que no, que no podía hacer callar al perro.

Fue Carmen Martín Gaite quien me dijo, cuando le conté la historia de mi frustrada entrevista, que esa presunta criada era, sin duda alguna, la misma Luisa Forrellad. Pero yo estoy convencida de que no lo era, que era su hermana melliza, Francisca, la que supuestamente falleció hace años. Eso explicaría por qué "Luisa" ya no escribió nada más después de su novela ganadora del Nadal y por qué su hermana se esconde del mundo y vive esa historia incomprensible para todos.

He buscado en los periódicos de la época y por fin he dado con una foto de las dos hermanas en *La Vanguardia* de Barcelona: "Francisca y Luisa Forrellad, las dos gemelas, de indénticas aficiones literarias y teatrales, en su cuartito de trabajo," dice el rótulo. Sí que son iguales, muy bonitas las dos, y se nota que están vestidas con ropa parecida, aunque la foto esté en blanco y negro. En otro artículo hay una cita de Ignacio Agustí, la única persona que logró entrevistarla a los veinticinco años de ganar el Nadal que explica: "...tras ganar el premio había llegado a escribir más de cuatro nuevas novelas, pero ninguna le había gustado y todas las había roto... Y se quedó silenciosa, dejando que la gente siguiese diciendo que ella no había escrito la novela." Es posible que las hermanas estuvieran tan unidas, se quisieran tanto, que al morir una, la otra asumiera una personalidad doble, haciendo indiferentemente el papel de las dos hermanas, continuando la vida de las dos juntas.

De vez en cuando leo algo sobre otros pares de gemelos que han suplantado uno al otro. A veces se da la noticia equivocadamente como sucedió con la misma Luisa de acuerdo con otra reseña: "A la escritora más enigmática que a lo largo de su historia ha ganado el Nadal la casaron hace años por error: su boda no era sino la boda de su hermana gemela."

Parece ser que no es una circunstancia tan fuera de lo común, acabo de leer en el *New York Times* la crónica de una melliza, Jeen Han, que está acusada de haber intentado asesinar a su exitosa hermana, Sunny Han, para asumir su identidad. Tendré que buscar el libro del experto Hillel Schwartz que recomiendan para los curiosos sobre los horrores que pueden cometer los gemelos uno contra el otro.

THE KING

The Mancinis are in town after a long absence and we are getting together for dinner tonight. It gives us such a good feeling to see them again; they seem like a perfectly normal family, especially since we know so well that it hasn't always been this way. Anna Maria looks so content now, her face beams with a wide smile and her eyes often shine because she still gets teary eyed around us. She's become heavier which gives her a more powerful look despite her short frame. You can tell that she packs a lot of punch and that she is a woman of character under her soft Italian look. She's going back to nursing school, determined to finish this time, and we all agree that she will be terrific at her job with all the experience she's had taking care of her husband.

The children, the boys in particular, are so grown up now that they look like men. Tony resembles his father, but is more handsome since he has his mother's curly black hair; he must have broken a few hearts of his own by now. Vincent doesn't look like either one of his parents, but there seem to be a lot of parallels between him and his father, sort of a contemporary version of what Anthony must have been like growing up. He is hyper, withdrawn, smokes non-stop and demonstrates his individuality by dressing all in black with chains around his neck and waist. His hair is orange, spiked in the shape of a cockscomb and it's hard not to stare at him in all his punker splendor. Anna Maria and Anthony seem to be completely used to it, Beatrice is even proud of her brother's look. She's a lovely girl, quite a bit younger than the boys. She's poised and refined, there is a Raphael-like quality about her. She is very articulate, sending us clever, family Christmas letters detailing their advances in music, sports and journalism; these kids excel at just about everything.

Anthony looks great to us with his beard and wire rimmed glasses. Perhaps he's a bit heavy, his belly sticks out above his pants between his red suspenders, and he does continue to smoke, the only addiction left he tells us. It's hard to believe that he's a psychiatrist since there is almost an unkempt look about him, but he is relaxed, alert, and his eyes are bright, moving constantly as if wanting to take it all in. He looks so proud of his family. We don't know of anyone else who's still taking trips with their kids and enjoy it like they do.

Anthony and Peter —along with David, who's also coming tonight— have been friends since kindergarten. They are inseparable and watch out for each other even if it doesn't always mean that they do what is best for themselves. Together the three of them can be hard to take, they have a way of going back to their natural habitat —some state of perpetual highschoolness— in which they act as they always did back then. The wives have to keep them in check reminding them that the children are watching or that we think they are being silly. Coming from another country and having left my old friends behind, I'm secretly jealous of this primeval friendship. I wish I could embark in trips to the past as readily as these guys do.

When they were little they had a club, the Aces, and they needed a certain number of points to remain members in good standing. Each activity they did away from school together earned them some credit: bowling, fishing, sleeping outside in a tent, delivering newspapers, going to the movies. They lived in the same neighborhood and would go to each other's houses at all hours, coming in and out as they wished, no one locked their doors back then. I know that before the evening is over we are going to hear the story of the day that Peter, with his eternal sweet tooth, showed up at David's house asking for milk and cookies even though he knew his friend wasn't at home then.

A few years ago we were all together for Anthony's father's funeral. It was a very sad day for all the usual reasons; Nonie, the one hundred-plus year old grandmother was crying uncontrollably in Italian (that's what the kids called it because she was so loud), she had lost the last of her seven children and she kept repeating that it wasn't supposed to be that way. Anthony was telling us that it was the beginning of the end for Nonie, she was dying one cell at a time. Our group was somber too, sitting together at the same table. Anthony wasn't completely recuperated yet and there was a sense of worry on our faces, but the old spirit prevailed when he broke the ice asking:

—I wonder if this qualifies as an Ace activity?

Their high school years are the ones they remember with most relish. They had chosen their career paths early on: David would be a lawyer given his manipulative personality; Peter, this had already been decided since he started his guitar lessons when he was seven years old, would be a musician, and Anthony chose medicine because he saw in the counselor's charts that it was the highest paid profession, no altruism here. Peter is quick to tell me that there never was a bit of jealousy among them. His two friends were nothing but proud of him every time he played at school or when he started to give concerts in local halls. To this day they often travel to hear a special performance and are some of Peter's biggest fans. I'm certain, in turn, that Peter doesn't mind one bit that musicians still don't rate as high on the financial scale as lawyers or doctors do.

Despite his awkward appearance and a slight speech impediment —unlike late bloomer David— Anthony was a very popular student in high school. He was the editor of the school paper, a varsity member of the wrestling team and was also very talented musically. He was known as the King for his love and impersonations of Elvis Presley's songs, his absolute idol. He could belt out "So Glad You're Mine," "Don't Be Cruel," "I Got a Woman" at an assembly with such gusto that he sounded just like the King himself. He could also be a ladies man, but these three Aces are surprisingly discreet about telling us of their sexual escapades. From hearing them talk you'd think that they enjoyed each other's company above all else.

Drinking was a popular sport they all played. There are many stories that have become folklore, some with different versions depending on the speaker. According to Peter, he saved their skins one day when David got drunk and Anthony passed out while his parents were gone for the weekend. Somehow he was able to place Anthony in the upstairs tub and sober David up enough with strong coffee, so they could act rationally when the old folks got home. Anthony's version is confused and fragmented, due to a memory lapse he says; David pleads the Fifth Amendment.

Soon thereafter they started smoking marijuana. They often had a joint after school and always on weekends. Peter tried it, but it made him so violently ill that, for the first time, he was getting behind in his Ace activities. I can testify that this was probably true because, like a good American, he coughs just smelling my little cigars and I have to light up outside or in the sun room with the windows wide open. By medical school Anthony was snorting coke and drinking heavily. While David could occasionally be his partner in either case, he was always able to control his habits, but the King could not.

Anthony was the first Ace to marry, he had met Anna Maria at a college dance and the two of them were in a hurry to start a family. Before the wedding, the three best friends, much to the future bride's chagrin, went to Europe together for a last fling, sort of an extended bachelor party. It was their first time to see London, Paris, Rome. Peter stayed a bit longer for some guitar lessons in Spain. It seems that Anthony was terribly homesick for Anna Maria, but she doesn't believe a word of it. I didn't know them yet, but I'm told that their wedding was a grand affair. David was the best man and Peter an usher, of course.

As a young promising doctor, Anthony was also the first to buy a house and to have children. He settled in their old neighborhood and soon he had opened his own practice. I went to his office once; it was a homey, unpretentious place, a typical family medical office, something out of a Norman Rockwell painting. But Anthony's addictions were getting worse. He was doing crack cocaine and abusing pain killers which, unfortunately, were readily available to him. David tried to get him to stop, feeling somewhat responsible for his friend's situation, but it was too late. At that time Peter wasn't aware yet of the seriousness of his problem, even Anna Maria seemed not to know what was going on.

When I first met them, she was pregnant with Beatrice. They were always so sweet to me, maybe because I was close to being Italian anyway. They even named their daughter after me, her middle name is Concetta, which pleased me to no end. I couldn't understand what was happening with Anthony, most of the time he appeared to be withdrawn and sullen, not at all like Peter had described him to me. It's so clear now, it's hard to believe that we didn't know what was happening then. Once in a while I could see glimpses of what Anthony must have been like before. He'd be witty, quick and thoughtful, although I always felt he was an eccentric. One time he had lost a bet with me, but before he paid it, he had to up the stakes. We were going to the opera that evening and he ventured that it would snow:

—Double or nothing, he told me, always eager to take risks.

When we came out of the Academy of Music, Philadelphia was blanketed with beautiful fresh snow.

Little by little the crises started. For a while there were phone calls in the middle of the night, usually it was David who'd ask Peter for help. There were visits to the emergency room, searches in the local pubs and a very close call in a public rest room. I couldn't imagine how Anthony was able to keep on working like that. He tried very hard to quit, he'd promise that it wouldn't happen again. At least during the day, he'd make an effort to stay lucid, but it was only a matter of time before he'd pass out somewhere and his friends would be there to find him. He was starting to come unraveled, missing appointments at work, disappearing for days at a time.

By then their marriage was in serious trouble. Not only was Anthony abusing drugs and drinking heavily, but he was also cheating on his wife, it was easy to trade sex for prescription drugs. Everyone in Anna Maria's family was urging her to leave him, we thought she would for sure, but she's a good Catholic and doesn't believe in divorce; much to everyone's surprise she stuck it out. Both David and Peter had been married and divorced, they were all a long way from their high school days by then.

It was a Sunday before Christmas when David had Anthony admitted to a rehabilitation center. He was there during the holidays and for a few months afterwards. When he came out he seemed better for a while, but he went back to his ways soon; he later admitted to us using his first day out. I don't even know how many times he was in and out of different centers and how many treatments he tried. He lost his practice, his medical license was suspended. Anna Maria and the children lived on severance pay, they could hardly hold on to their home. This was finally the bottom of his downward spiral. Through it all Anna Maria would keep us informed; she had arranged a system of calls, letters and visits to keep Anthony in touch with his family and friends for as long as it took.

Eventually he came out and started feeling stronger. He didn't work, he just attended AA meetings daily, but he was clean and sober. Well, he had two or three small relapses, but nothing like before. He was matter of fact in talking about his illness. To help out with his recovery, we wouldn't drink wine when they were with us, and he would say:
—Come on, let's go to the kitchen and have a sip, because he knew that his friends were doing just that. He also insisted on not drinking decaffeinated coffee, even if it kept him up all night:
—Something, I have to be allowed to have something full strength!

The Mancinis moved to Montana where Anthony had a chance to start all over again. He went back to school to renew his license and then three more years to become a psychiatrist. Now he works in a veterans' hospital counseling recovering drug addicts. He must have tremendous credibility with his patients! He loves his job and feels fortunate to have come this far. It turns out that he always wanted to be a psychiatrist rather than a family practitioner. The kids have adjusted to the move and like living out west. Only Anna Maria misses this area and her family and friends so much, that's why they come regularly to visit. They don't even have good ricotta in Montana, she says, as if that were the barometer for the quality of life.

Tonight, the three friends are together again, they are buoyant even without drinking. I'm so happy for them, seeing how they have endured and survived, especially the Mancinis, one of the few friends we have who are on their first marriage. We agree, we are all thankful for our families. David has remarried too, his wife is the newcomer now. They are expecting a baby girl and Peter will be the godfather. Life is beautiful!

Anthony doesn't like his ravioli. Why he would ordered it in a simple pizzeria like this, I don't know. Anna Maria doesn't mind, she'll eat them then, she doesn't understand how they can make such tasteless ravioli with the good ricotta they have around here. He says that she is the most wonderful woman in the world and Italian too, which is important indeed.

CARTA A LA PEQUEÑA LULÚ

Philadelphia, 13 de enero, 2000

Querida Lulú:

tú a mí no me conoces, pero yo a ti te vengo siguiendo la pista desde hace mucho tiempo. Yo era una lectora empedernida de tus tebeos cuando vivía en España de pequeña. Me acuerdo de que mi amiga Mari Pili me prestó el primero cuando nos trasladamos a Madrid. Quizás en Valencia también te hubiera encontrado aunque allí mis amistades sólo eran los de la familia y ninguno de mis primos te había mencionado.

Pronto me sabía tus aventuras de memoria. Mari Pili y yo las dramatizábamos leyéndolas en voz alta. Lo que más nos fascinaba era tu vocabulario argentino, puesto que tus tebeos se publicaban allá en Argentina. Y este "allá" nos salía con un acento criollo que nos habíamos inventado sin saber exactamente cómo era la pronunciación americana. Cada palabra nueva para nosotras era motivo de risas y complicidad. Decíamos "porotos" y "frijoles" en lugar de judías o alubias; y las cosas eran "lindas" en lugar de bonitas. A nuestros respectivos papás los llamábamos "papitos". Nuestras familias no nos comprendían. Mi padre, con su acostumbrado mal humor, decía:

—¡Estas niñas son tontas!

A lo que nosotras coreábamos con felicidad:

—¡Sos tonta, vos!

Porque el uso del voseo era la parte favorita de nuestra imitación:

—Vos no entendés, Papito lindo...

Si no fuera porque mi madre salía a defendernos, hubiéramos acabado con algún cachete encima, quiero decir golpe.

—¡Déjalas en paz, hombre, no ves que no hacen mal a nadie, si se están divirtiendo!

Y nosotras seguíamos con los argentinismos:

—"Pas", a ver si tenemos "pas" de una "ves," che.

Mi hermano, que ya de por sí nunca fue partidario de Mari Pili, también se enfadaba con nosotras. Le llamábamos "el pibe" lo cual le irritaba muchísimo, sobre todo si sus amigos lo oían:

—Hola pibe, ¿vos querés leer este tebeo?, le preguntaba Mari Pili y ya se armaba la trifulca.

Me acuerdo de algunos episodios, ¡qué lástima que no haya conservado los tebeos en español! Toby era tu compañero inseparable y con él compartías todas tus aventuras. Él te dejaba jugar con su laboratorio de química o te ayudaba a organizar un concurso de arte. A veces te defendía, como aquel día que vino un niño nuevo al barrio y se puso celoso. Otras te prohibía entrar a su club privado donde se escondía con sus amigotes. Delante de ellos siempre te trataba mal, pero si no erais mas que tú y él estaba dispuesto a acompañarte al zoológico o al cine y en una ocasión fuiste nada menos que a Hollywood con él.

Toby casi siempre estaba vestido con una chaqueta negra, corbata de pajarita y pantalones cortos que contrastaban con tu vestidito rojo y las puntillas blancas que se asomaban por detrás, enseñando coquetonamente los pololos. Su sonrisa era un círculo perfectamente trazado y la tuya una media luna. A menudo Toby llevaba una gorra de marinero de la que se le escapaban sus pelos tiesos y rojizos.

En eso sí que eras inolvidable; tenías un pelo precioso, moreno, peinado en tirabuzones largos y dos rizos grandes en la frente. No lo vas a creer, pero mi hija la mayor, de pequeña, tenía exactamente el mismo pelo que tú y se le rizaba en tirabuzones que parecían sacacorchos. Yo se lo dije cuánto me recordaba a la pequeña Lulú de mi infancia. Tanto es así que estuve buscándole una muñeca como tú para que pudiera verte y en una feria de antigüedades en Nueva York, por fin di con ella. Pero no te preocupes, tú nunca serás vieja. Tu juventud es tan eterna como tu inocencia. Esta muñeca Lulú, es de trapo, pequeñita, tiene la misma sonrisa y las mismas cejas arqueadas y el cuello blanco del vestidito rojo es igual al tuyo.

Toby era un niño muy redondo, casi gordo. Años después, cuando te volví a descubrir en las tiras de cómics en inglés, me di cuenta de que su nombre era Tubby que quiere decir regordete y no Tobías como en la edición argentina de los tebeos, bueno se llaman historietas allá. Claro que en inglés se perdía todo ese otro juego con el lenguaje rioplatense que tanto nos entretuvo a Mari Pili y a mí.

Precisamente fue a través de este lenguaje una de las veces que más intensamente me acordé de ti. Fue al llegar a Buenos Aires, al oír a los porteños y su habla especial, ese acento tan marcado por las elles y el voseo que no había escuchado en Chile ni en otras partes del país. Era como si fueras a aparecer en cualquier momento. Te oía en las conversaciones infantiles de las niñas con sus mamás al salir del colegio, o en las tiendas y me sorprendía al acordarme de mi reproducción infantil que, no sé cómo, había sido bastante fiel.

Una tarde estábamos tomando chocolate con churros en el Café Tortoni y en la mesa de al lado había una familia con dos niñas como tú. La Lulú mayor llevaba una pollera y el saco —ya sabes la falda y la chaqueta— haciendo juego en color azul celeste. La Lulú menor es la que más se parecía a ti con un vestido de lana de cache-

mir en rojo, tu color favorito. Las dos tenían el
pelo negro rizado, como el tuyo, aunque ya no se
llevan los tirabuzones. Estaban hablando del
cumpleaños de otra niña, quizás la tercera Lulú
de la casa o a lo mejor alguna prima.

—¿Qué querés regalarla vos a Felicita? Preguntaba la Mamá.

—No sé, algo lindo, Mamita. Contestaban las Lu-
lús a coro con sus vocecitas chillonas.

Pensé que con un poco de suerte encontra-
ría alguna antigua historieta de la pequeña Lulú
en las librerías de la calle Corrientes y me pasé
toda una mañana preguntando a los libreros. Los
más jóvenes me miraban como si fuera una
marciana, lo cual ya habían sospechado al oír mi
acento. Los de cierta edad —o sea de la mía, poco
más o menos— sonreían; se acordaban perfectamente de Lulú, y hasta me contaron algunos de
sus episodios favoritos.

—¿Vos te acordás de cuando Toby estudiaba el
violín?

—¿Sabés vos dónde podré encontrar alguna de
esas historietas?, preguntaba yo a mi vez, conta-
giada de tu castellano rioplatense.

Era como aquella vez que estuve buscando
a la muñeca Gisela de mi infancia en el rastro
madrileño, pero en esta ocasión no tuve la misma
suerte. En una feria de libros por el barrio de la
Recoleta había historietas de "Superhombre" y
"La mujer araña," cualquier cosa de ciencia ficción o de policías; todo tipo de historietas que yo
no conocía, pero nada para niñas sentimentales
como nosotras. Acabé comprando unos libros de
Mafalda que les gustaban a mis hijas.

Entonces me di cuenta de que las dos os
parecéis. También Mafalda es morena como tú, y,
aunque su pelo esté peinado en un corte moderno, se nota que los rizos son naturales. Mafalda
lleva un lacito y tú preferías una gorrita, pero a
las dos os gustan los vestidos cortos y el cuelleci-

to blanco es idéntico. Sobre todo Mafalda comparte tu idioma, esas expresiones argentinas tan bellas y expresivas; ese voseo que tanto me gusta. Además Mafalda sabe algunas palabritas de inglés. Es muy lista y práctica, como tú.

Lo que es muy diferente entre vosotras es que Mafalda es una niña precoz, politizada, sin esa inocencia tuya tan característica. Mafalda es una pequeña Lulú al estilo moderno; es una niña políticamente correcta. Es una verdadera chica de los noventa: sabe de ecología, de cuestiones sociales, de política. Además Mafalda es feminista; ¿sabés vos qué es eso? Quiere decir que se considera igual a sus amigos varones y, a menudo, incluso mejor. Yo creo que tú estarías de acuerdo con esa idea, que te parecería regio, vamos. Aunque no eras tan directa como Mafalda, siempre te salías con la tuya y sabías muchas más cosas que los chicos. Mafalda discute con sus padres y en eso sí que sois diferentes; tú eras una niña muy buena, por lo menos en frente de los adultos.

Pero oye, espera, resulta que también tú eres una chica preparada para el siglo XXI. ¡Acabo de darme cuenta de que tienes tu propia página en el "World Wide Web"! Sale a todo color y además de tu inseparable Tubby, estás con toda la pandilla: Alvin, con su flequillo en punta; Annie, igual que tú, pero más chiquita todavía; Wilber, el típico americano guapote; Gloria, la incipiente rubia peligrosa; y el diminuto Iggy con la cabeza rapada al cero. Cada semana aparece un episodio distinto; el que veo ahora se llama "Little Lulu Goes Shopping." Además hay una lista de otras posibilidades en donde apareces tú: anuncios, revistas, las tiras de cuando salías nada menos que en el *Saturday Evening Post*; hay hasta un anuario nombrado por ti. ¡Nunca me hubiera imaginado que eras tan famosa! ¡Sos regia vos, macanuda!

Yo ya sabía que la inocente Lulú y sus amigos, de verdad fueron a Hollywood. Llegaron a salir en la televisión en una versión animada que duró varios años, hasta que se pasó de moda. Tenían una canción y todo: "Little Lulu, little Lulu, I love you just the same." Hace un par de años, un amigo que sabía el cariño que te tengo me regaló uno de esos vídeos. ¡Qué emoción poder verte en acción! En este episodio tú y tus amigos estabais cuidando a un perrito del vecino que no hacía mas que una trastada detrás de otra. Hasta en inglés eres graciosa y picarona con tu voz alta y cantarina.

Volví a pensar en ti en otra ocasión cuando leí en el periódico de Philadelphia, donde yo vivo desde hace varios años, que la creadora de la pequeña Lulú había fallecido. Se llamaba Marjorie Henderson Buell, pero usaba Marge como nombre de pluma. Nació en esta ciudad y vivió aquí muchos años. ¡Qué pena me dio al leerlo! ¿Qué se haría ahora de la pequeña Lulú? ¿Dejaría de existir? Si lo hubiera sabido, me hubiese puesto en contacto con Marjorie y le hubiera explicado la felicidad que muchas niñas como yo en España, y en otros países de habla española, habían disfrutado con su pequeña Lulú. Menos mal que ahora sé que, aunque haya muerto Marjorie Buell, tú seguirás existiendo eternamente en el Internet.

Espero que te llegue esta carta y no te importe que haya hecho comparaciones entre ti y otras heroínas de tu especie. Ya sabes que tú eres, Lulú, la más querida, la más auténtica, la más eterna en cualquier idioma y en cualquiera de tus posibles encarnaciones.

Chau, como diría Mafalda, Lulú, cuidate vos mucho.

FINAL EXAMS

My daughter Tina uses an expression from computer lingo, "multi-tasking," for when we are doing more than one thing at the same time. I'm an expert at this: I do the ironing or wash the dishes while I talk on the telephone; I answer e-mail and phone calls in the same breath, if I'm at the office; I read the paper, the mail and do my nails while I watch the news; I do laundry, cooking and tend to the plants all at once; I correct papers and tests when I'm at the hairdresser's or just about anywhere; I run errands on my way to and from the university; I make urgent phone calls and jot down lists while I'm driving so I can remember what I need to do; I have even been known to balance the check book while at a baseball game. I'm sure men do it too, but I think that it goes with the feminine condition to be particularly adept at multi-tasking.

Even the big events of my life occurred simultaneously. I had two small children when I went back to school, so I wrote my Master's thesis while they napped and my dissertation while they were away at camp; all the other responsibilities of child rearing and school activities co-existed in a frantic schedule that could accommodate the discontinuity and fragmentation of my eclectic life. A good example of postmodern, female circumstance occurs at the end of the semester; when students are taking their final exams, I'm in full pluralistic mode.

Usually I finish reading the last term papers, work on their class grades, write in my journal and answer mail —Christmas cards if it's the fall semester, congratulations upon spring graduation— while proctoring their exams. I don't want to insinuate by this that there is a great problem with cheating, but I've had a few episodes that have made me suspicious and, although I do go out of the classroom to make a quick call or get more papers to keep me further occupied, I hope that my presence will keep them honest.

The worst case of dishonesty which I encountered was in my very first year of teaching. I was just congratulating myself for having accomplished all the tasks on time when a note on my office door notified me that somehow, students had been able to purchase copies of my exams. It seems that the carbon papers from the old copy machine we used to have, which I innocently put in the waste basket, were retrieved by some young entrepreneur who sold them at a nice profit. I felt like crying; I took it personally; I felt betrayed and guilty at the same time (talk about multi-tasking); how could they do this to a teacher who trusted and liked them so much?

I struggled with a solution to this situation. Since the students had already left the classroom and I couldn't confront them, I decided to correct all their exams and assumed that the ones who had a considerably higher grade on their final than their average, had indeed cheated. In those cases they received a grade without the benefit of their purchasing power. I was hoping that if someone had truly studied for the final and expected a higher grade, they would come to inquire. No one did. Since then I take my paper trash home and, in these days of high tech, I save class files on disks that I carry with me too, instead of saving them on my hard drive.

Actually, the computer has provided opportunities for some creative deceit, none of that boring cheat-sheet stuff or writing crib notes in their dictionaries or desks. I recently had a student who copied his composition from his roommate's computer disk. Even though they were in two different sections, I noticed that his writing sounded familiar. Of course after reading thirty papers on similar subjects, they all begin to resemble each other. I was sure, though, that he was copying when I read that sentence about Franco being "el rey de España" which had made me laugh the first time I read it on his friend's paper. Franco would have liked that very much, being called king of Spain; after all, he did use Regent as one of his many titles, in addition to Caudillo and Generalísimo.

For the most part, the students are just honest and funny, even when they don't have all the right answers. Last semester, in the film class exam, a student identified the significance of the "camerino" —I was referring to Saura's dressing room scene in *Blood Wedding*— as a short waiter from the Spanish word "camarero."

Other times I trick them, too. A poetry class was expecting a free verse poem by Pablo Neruda since I had given to a classmate in an early exam and was sure he would tip them off; I changed it to a ballad by García Lorca. Several students went to great lengths to demonstrate how Lorca's verses didn't rhyme and one — smarter no doubt— came up to ask me if I was sure this was their exam.

—Duh! I was thinking, but I don't say it aloud.

I love watching them as they take their final exams. They are nervous; they are so intense and so eager to finish at the same time. There is a difference from a normal class day. Usually they come to class early, relaxed, and they chat with each other, it's a chance to socialize. During finals they sit with the people from their study group, but they guard their notes from the others, as if they didn't want to give information to the enemy. Some students sit alone in a corner, reviewing frantically over the last few minutes; others like to sit in the first row and are ready, pen in hand, desk cleared, when I walk into the classroom.

Even what they wear that day is worth observing. Many look more disheveled than usual, as if they had been up studying all night. It's a bad-hair-day all around; the women's hair is up in a casual pony tail and the men use baseball caps to hide their cowlicks. I wonder if the sweatshirts and warm-ups they are wearing are the same clothes they slept in. I'm always amazed at the few who come to take their exams as if they were going to a party: their nails and hair done, their jewelry in place, a matching outfit. I've had students come with their bags packed ready to leave for the airport. I've noticed that the teachers seem different too that day. Most of us wear jeans sporting a more casual look; the students are not the only ones who are running around frenzied, we are just as eager to finish the semester, if not more.

I try to guess which students will finish their exams first. It almost never fails: the best finish last, and they, somehow, find the time to write a brief note of appreciation to their teacher. I hate the ones who walk out, nonchalantly, in just a few minutes, as if the exam had been that easy and they had answered all the questions. There are always a couple worrywarts who need more time, scribbling their last few sentences packing more information than I want to read.

Often there are emergencies during exam week. Most are phony: car trouble, parking problems, a relative in the hospital, a sprained wrist, lost books and notes, an alarm clock which didn't function, wrong date, wrong class, wrong time.
—Bummer! I tell them.
But some are tests of another kind.

Once a group of very distraught Puerto Rican students arrived to take their Women's Literature exam. The night before it had snowed in Philadelphia, the first real snow they had ever seen and they had gone out very late for a snowball fight. They reminded me of the first snowfall I saw in Madrid and how exciting it can be. One of the women fell and hit her face with such force that she broke her jaw and lost her front teeth. Her friends tried to find them in the bloodied snow before the ambulance rushed her to the hospital. Sadly enough, from the same group of friends, there was another tragedy the following year. A young woman tried to commit suicide and the students had again spent the night in the emergency room the night before their exam. I hate to think that finals can be so stressful for them as to bring them to the edge of disaster.

Sometimes I feel a sense of sadness when I watch my students struggling, taking their final exams, especially if they are ready to graduate in a few days and I know that I won't be seeing them again. There are always a few who have made a difference in the class and in my life. They can be as endearing as my own children, and equally as demanding or irritating. Somehow my roles as mother and teacher intertwine; I have to be careful not to baby my students and not to lecture my kids. I look at my students and try to catch my breath, to slow down, as I'm writing in my journal. It's a moment for reflection, my life cycles are synchronized with their school year. As my students mature and grow they remind me of my own passage of time. I remember the first term I realized that my students hadn't been alive when President Kennedy died, the first year that they were all younger than my own daughters.

Some students really stand out in my mind. There was Alberto, a serious guy from Galicia who loved literature as much as I do. He acted like a traditional Spanish student, like the ones my father used to tutor. He'd bring me books from his trips and invited me to dinner when his parents visited. He sent flowers when he graduated thanking me for helping him. I still have his card, I should try to look him up during my next trip to Spain.

There was the smart aleck who wanted me to go to Florida with him; I didn't know whether to laugh in his face or tell his mother who also worked at the university. I finally shut him up when I started correcting the grammar in his love notes which he dutifully wrote in Spanish. There is Marie, who was a dear student and has become my friend. She was so shy and afraid of me, she'd shake in class when she had to read aloud. Now she lives in Granada where she teaches English literature and speaks with an Andalusian accent that cracks me up. We exchange e-mail regularly and always see each other when she is in town.

For the most part I love it when I run into my students, especially if it's in a book store or at a cultural event where they expect to find me. But it's a different story when I hear one of their:
—Dr. Alborg, Hi Dr. Alborg!— From the top of their lungs if I'm at the beach wearing a skimpy bathing suit or smoking somewhere or, worse yet, the time I went with Kelly to the Julio Iglesias concert and they saw me swooning over his corny songs.

I like to get to know them. I pride myself in learning their names on the very first day of class, even though many American names sound alike to me. Half of them share last names that begin with Mac and, lately, especially the women's first names, seem to belong in romance novels. Sometimes, in Conversation and Composition classes in particular, where they need to write a journal, I get to find out more about their lives than I wish. Take Jonathan MacClain, Samantha McDonald and Amanda Kenney who were together in my class in their freshman year.

Even before I read their journals I could tell what was going on among them by the way they sat in the classroom. It all started the first day of the semester when the students introduced themselves to their classmates. Jonathan and Amanda hit it off immediately, they were both on the crew team and they shared an athletic, energetic, nervous type of personality. From that day on they sat in the back row as if they were on a date out to a movie, came to class together, left together and always worked in the same small group. I could see they had become good friends. They often wrote about each other in their journals, so I knew that most of their free time was spent together too.

However, there was another student in the class also writing about Jonathan. Samantha, a striking blonde who always wore mini-skirts, the student with the best vocabulary of the entire class. She wanted to be a lawyer, as did Jonathan, and she thought he was handsome and sensitive, a "new kind of man" she wrote, not "machista." It turned out that Samantha was from the same state as Jonathan and they rode home together at Christmas break.

It all changed during the second semester. The "new couple" moved to a side of the classroom and Amanda was left sitting alone in the back row. I could see that she was crushed. She started missing classes, which she hadn't ever done. Her accent grew worse and she made simple mistakes in her oral presentations. She stopped mentioning Jonathan in her journal, but the other two wrote about each other constantly. I pretended not to follow the plot and, although I don't correct their grammar in the journals, I would write a general comment next to the descriptions of their escapades: "be careful with the use of the preterit and imperfect."

After spring break the seating arrangement changed again. Jonathan would sit anywhere, with Amanda, with Samantha, by himself. Even more interesting the two women seemed to have become friends too. The three of them worked well in the same group and I couldn't tell anymore what was going on. Their journals told me that Jonathan and Samantha had gone together to see the Picasso exhibit in New York, but he was also rowing with Amanda up and down the entire East Coast. By the end of the school year, Jonathan had decided to transfer to another college closer to his home in Connecticut, I would miss this junior varsity soap opera.

For the composition part of their final exam I asked them to write on any of these four topics: 1) A detailed description of an influential person in society; 2) A serious problem of campus life and some suggestions for a solution; 3) A different ending that was consequential to any of the short stories they had read in class; 4) A letter to someone they had met in their freshman year and how he/she had affected their lives.

I looked at my students while they took their final exams and I was proud of them. There they were writing, speaking, reading so fluently in a foreign language at the end of their first year of college. Many of them would continue on to literature courses and I would have them again in class. Some would even study abroad later. Others were finished with their requirement, but would always greet me in Spanish when they'd see me again on campus. All of them had survived this important year of their lives. And there I was finishing reading their journals while they wrote intensely in their blue exam books.

Both Amanda and Samantha wrote a letter to Jonathan, I wasn't surprised, I was expecting it in fact. I had really made this option half on purpose for them. He had been their best friend, they wished him well in his new school, they hoped he'd come back and visit soon, they would remember their rowing meets or their trips home together for a long time, he would always live in their Spanish journals.

I was hoping that Jonathan had written a letter as well. I skipped over other exams to get to his fast. Yes, there it was, number 4): "Querida... Aurora." Aurora? Who was she? I didn't remember reading about her in his journal. Was he being cagey and had changed the name? Was the letter intended for Samantha or Amanda or both? I had already returned their journals and I couldn't double check. He also hoped to see her again in Connecticut, he would come back and visit during the crew team meets, they would send e-mail in Spanish, how many good friends he had made, what a great year it had been!

Perhaps Jonathan had really written a composition for number 3) and this was just a different ending to this short story.

SELENA SMITH

Hace ya más de veinte años que Selena Smith y yo nos conocemos. Llevamos una temporada sin vernos, tendré que llamarla para ver cómo están. Nuestra amistad es como las mareas que sube y baja, siempre está cambiando, pero es constante al mismo tiempo. Aunque se nos pasen unos meses sin hablar, cuando nos llamamos, volvemos a las confidencias habituales. La amistad entre mujeres también puede ser conflictiva y a veces hay tensiones entre nosotras, pero sé que no romperemos nunca. Creo que al sentirme desarraigada aquí, en mi papel de inmigrante, trato de conservar a los amigos contra viento y las ya mencionadas mareas; es una forma de echar raíces, de establecer un sentido de continuidad.

Además Selena era vecina nuestra en Cherry Hill, o sea que es una de las pocas amigas que han sobrevivido desde la época de mi primer matrimonio. Por si no fuera lo bastante complicado mantener el contacto a través de las mudanzas típicas de la vida americana, el divorcio también aleja a las personas y siempre hay parejas que se alían con uno o con el otro. Antes de divorciarme, Selena ya había dicho que no quería verme más con Dieter, o sea que ella rompió antes que yo con él. De hecho, me dolió que me lo dijera, como si yo no supiera lo dificultoso que era estar en la compañía de ese hombre, pero, sin embargo, yo a ella no le he dicho nunca que también su marido puede ser inaguantable y que se lo deje en casa cuando venga a verme, por favor.

Selena no es exactamente emigrante como yo. Es hija de inmigrantes, lo cual es una situación muy común en este país. Ella no tiene acento al hablar el inglés, aunque nació en Venezuela de padres franceses. Su familia se mudó a Nueva York cuando Selena era una niña pequeñita. Me consta que los niños que aprenden un idioma antes de los diez años, lo hablan sin el acento delatador del extranjero, después existe una barrera lingüística difícil de superar. En casa, de pequeña, Selena siempre hablaba español con sus padres porque ellos nunca llegaron a perfeccionar el inglés, pero más adelante prefería hablar francés con ellos y es con esa cultura con la que ella se identifica. Yo creo que de alguna manera nunca les ha perdonado a sus padres el haber nacido en América del Sur, ¡con lo europea que ella se siente! A veces se lo pregunto si no tiene curiosidad por visitar el país de su nacimiento, pero es como si hubiera sido un puro accidente, no tiene intención alguna de volver por allí.

Tuve la suerte de llegar a conocer a los padres de Selena. Eran dos vejetes muy apañaditos ellos; ahorradores y modestos con buen ojo para la bolsa, de forma que, aunque habían vivido toda la vida en un apartamento sin pretensiones en Brooklyn, dejaron un dinerito a su única nieta que le garantizó sus estudios. La misma Selena se había quedado con algunas de las acciones y también tenía un rinconcito de ahorros, para "un día de lluvia" que se dice en inglés. Los abuelos venían a visitarla a menudo a Cherry Hill, sobre todo cuando Selena quedó embarazada inesperadamente.

Yo los veía desde mi casa paseándose, cogiditos de la mano, y sentía nostalgia por mis padres. Mi madre había fallecido hacía sólo un par de años y mi padre ya estaba divorciándose de su segunda mujer. ¿Por qué no podían tener mis hijas unos abuelitos chapados a la antigua como los padres de Selena? Debía ser algo genético. Eran unos años conflictivos para todos, también yo tenía serios problemas en mi matrimonio y, aunque todavía no los admitiera públicamente, había hablado de ellos con Selena y sabía que si seguíamos así acabaríamos mal. No podía ni nombrar la palabra divorcio. Había vuelto a la universidad y estaba terminando la carrera, pero ¿qué haría yo en este país, con dos hijas y sin otra familia de apoyo?

Selena, con el embarazo, se había tranquilizado mucho en su relación matrimonial, aunque también ellos habían pasado un racha de problemas antes de vivir en Cherry Hill. Cuando nació Samantha parecían una pareja de recién casados. Como es natural, estaban embobados con su niña que, por haberse hecho esperar varios años, era todavía más especial. Me acuerdo que George iba por el vecindario contándole a todo el mundo los pormenores del parto, diciendo que Selena era un verdadero héroe. La niña era diminuta, pesaba apenas cinco libras (un poco más de un par de kilos, creo que es), mis hijas levantaban una bolsa de azúcar y decían:

—Mira, Mamá, ¡así es de grande Samantha!

George siempre tuvo unos golpes graciosos. Se vestía de monstruo para la fiesta de Haloween y asustaba a los niños que iban a su casa pidiendo caramelos. Un año parecía el jorobado de Notre Dame, con una media sobre la cabeza que le deformaba y le hacía irreconocible. Arrastraba una pierna y daba golpes con un bastón mientras gruñía palabras ininteligibles. Se escondía dentro del garaje y cuando los niños pasaban por delante salía inesperadamente. Tina ya era lo suficientemente mayor como para entender que era George, pero su hermana, que siempre fue muy inocentona para esas cosas, salió corriendo de allí perdiendo el velo de novia de su disfraz y llegó a casa lloriqueando sin continuar con esa costumbre americana de ir recogiendo caramelos por el vecindario la noche antes del día de los muertos.

Otro año, aprovechando que habían tenido una avería en el desagüe de la casa y que el jardín estaba lleno de montones de tierra, arregló un cementerio con tumbas y fantasmas colgando de los árboles. Las lápidas tenían los nombres de los niños del barrio y una música fúnebre mezclada con grandes carcajadas emanaba del garaje. Yo pensaba que ese año, George se había pasado, me parecía hasta un poco sádico, pero tuvo un éxito enorme. Menos con Andrea que se quedó en casa vestida de hada madrina repartiendo los caramelos, no hubo forma de hacerla salir, aunque no tuviera que pasar por el cementerio.

A Tina, George tenía otra forma de tiranizarla. Se había ofrecido a ayudarla con los deberes de química y matemáticas porque su padre a menudo no estaba en casa para esas tareas y yo me dedicaba exclusivamente a las letras. En realidad Tina, que siempre fue una estudiante estupenda, no necesitaba ayuda, pero le gustaba ir a casa de los Smith para ver a Samantha y jugar con Zeus, el pastor alemán, que había sido derrocado por la llegada de la niña. Lo malo fue que una vez que empezó ya no pudo echar marcha atrás y George la esperaba a diario. La pobre se hizo un lío tremendo con sus complicadas explicaciones y años más tarde todavía sufría de los efectos post-traumáticos de las lecciones georgianas.

La familia de George también los visitaba a menudo, pero eso se convirtió en un problema entre nosotros. Resulta que un hermano menor de George sufría de alcoholismo y se vino a vivir con ellos una temporada para ver si tenían suerte y podían reformarlo. El caso es que también George era un bebedor empedernido y yo creo que lo que buscaba era un compañero de fatigas. A mí me preocupaba ese joven turbulento todo el día encerrado en casa de los vecinos y le advertí a la canguro que se quedaba con mis hijas mientras yo estaba en la universidad; Tina tenía prohibido ir a casa de Selena cuando estuviera allí el hermano y eso les molestó. No quería que acabáramos en una noticia violenta de esas de primera plana en los periódicos americanos. Por fin también los Smith se cansaron de los follones que se armaban a diario y tuvieron que despedirle con cajas destempladas. Sé que el pobre nunca se rehabilitó y todavía anda por ahí, a ratos institucionalizado, a ratos viviendo con otros parientes.

A Selena le gustaba Cherry Hill menos aún que a mí, todo lo comparaba con el Canadá, donde habían vivido anteriormente, o Nueva York, donde se podía hacer una vida más cosmopolita. Por lo menos yo estaba intentando adaptarme a la vida americana de las afueras, esas urbanizaciones alejadas de todo, donde hasta para ir a por el pan había que hacerlo en coche. Parecía que las mujeres no tuvieran otra cosa en qué ocuparse, sino cuidar de la casa, el jardín y los hijos. A mí me salvó el estar terminando los estudios; para Selena, la hija, hasta cierto punto, fue providencial.

Las dos salíamos a pasear por el barrio y a hacer un poco de ejercicio cuando podíamos y las quejas se escapaban sin remedio. Ella se aburría sin trabajar desde que nació Samantha; George tampoco estaba contento con su trabajo, a pesar de haberse cambiado de empleo un par de veces ya y con sólo su sueldo no tenían dinero para arreglar la casa o comprar muebles decentes. Yo quería terminar de escribir la tesis y defenderla lo más pronto posible para poder buscarme un puesto universitario y separarme de mi marido. Me asustaba la idea de ganarme la vida sola, pero ya no podía negar que entre nosotros no había mas que recriminaciones, listas de agravios y disgustos. Él cada día pasaba menos tiempo en casa con nosotras, ocupadísimo con el trabajo o de viaje y cuando volvía se le notaba distante, impaciente con las niñas y bastante agresivo conmigo.

Selena y George tuvieron suerte; él encontró un trabajo en una empresa internacional y se fueron a vivir nada menos que a París. Estoy segura de que esos fueron los mejores años de su vida. Samantha aprendió francés y por fin disfrutaron de la cultura europea que Selena tanto deseaba. Yo la eché mucho de menos en Cherry Hill donde no tenía otra amiga para hacerle confidencias. Tan pronto pude, recién separada de mi marido, fueron ellos los primeros amigos que visité aprovechando un viaje que hice a España.

En contraste con la casa americana, allí habían comprado unos muebles de muy buen gusto; algunas antigüedades y otros funcionales al estilo europeo. Siempre habían tenido muchas visitas, pero en París aún fue más notable. Tuve suerte de poder quedarme en el cuarto de los invitados, donde había que hacer reservas como si fuera un hotel de primera. Selena estaba radiante, se le notaba contenta y adaptada. Tengo una foto de ella, con Samantha cogida de la mano, enfrente de una bombonería, en la que están las dos francamente guapas.

Recorrimos la ciudad juntas, vimos el Louvre, Notre Dame, Carnavalet, el museo de Picasso, Beaubourg, les Halles, la torre Eiffel, Montmartre, l'Opéra, Cluny, Saint Germain des Prés y demás lugares turísticos. Paseamos por Marais, fuimos de compras en le Champs Elysées y comimos en buenos restaurantes en l'Ile Saint Louis. George nos llevó a Versailles de excursión y un fin de semana fuimos a Bélgica porque tenían ganas de conocer Bruges, la Venecia del Norte, que se dice y que, desde luego, es bellísima.

Fueron unos días de descanso y de asueto para mí. Yo que llevaba una temporada durmiendo mal, me quedaba como una piedra en el cuarto de invitados de Selena. Además fue en ese viaje a

París cuando me presentaron a Maurice, un amigo de estudios de Selena que tenía fama de don Juan. Tengo que confesar que para mí fue un rito de iniciación. A pesar de que era algo más joven que yo, que fumaba sin parar y de que lo encontraba engreído, pude tirarme unos polvos sin ningún miramiento y por primera vez en mi vida fui capaz de acostarme con alguien sin enamorarme, ni romanticismos. No es que esté orgullosa de esto, pero me hizo mucho bien en mi estado de inquietud después de la separación. L'affaire Maurice no acabó bien. Irónicamente el don Juan esperaba continuar de algún modo la relación y tuvimos después unas escenitas muy desagradables que no le gustaron a Selena que siempre quiso mucho a sus amigos y a Maurice en particular.

Por desgracia la estancia de los Smith en París se terminó con no sé qué nuevos conflictos en la empresa de George y las vueltas de la fortuna los trajo de nuevo a esta región. Se construyeron una casa preciosa, donde todavía viven, aunque también queda en una zona residencial y están aún más lejos de Philadelphia que antes. Me acuerdo de que la primera vez que fuimos a verlos Peter, con su humor musical, empezó a cantar esa canción que dice: "How are you going to keep them down in the farm once they've seen Paris?" París no es, desde luego.

Selena ha vuelto a trabajar después de muchos años de peregrinaciones; tiene un puesto enseñando francés en una universidad estatal y está bastante contenta allí. Sus padres murieron los dos hace unos años con tan sólo unos meses de diferencia. Samantha, que quiere ser pianista, es la pasión de su madre. Selena se desvive por ella llevándola a clases de piano, a concursos, a funciones, a cursillos intensivos, a prácticas, a audiciones, a festivales de música, a campamentos de verano.

George está sin trabajo; después de haber cambiado varias veces de empleo está sin poder localizar algo que le guste en esta época de cortes laborales y a su edad ya va a ser muy difícil encontrar un buen puesto. Se lo tengo que mencionar a mi hermano para que vea que en todas partes se cuecen habas, él que se cree que la vida americana es Jauja.

Por años, cada vez que hablábamos o nos veíamos, Selena me confesaba que cuando Samantha terminara la primaria, o el colegio, o tan pronto se fuera a estudiar a la universidad, ella tenía que revalorar su vida, que ya no podía más con George, y ahora sin trabajo menos todavía. Pero nunca se divorciaron, son de los pocos amigos que tenemos que están todavía en su primer matrimonio, son un ejemplo de constancia para todos nosotros culos de mal asiento.

UN NIGROMANTE PALABRERO

A veces es al volver de un viaje cuando noto los contrastes más agudamente. Es fácil acostumbrarse a la vida cómoda, desintegrada por razas y clases sociales de los Estados Unidos. Aquí uno puede vivir sin inmiscuirse en los problemas de los demás, aislado prácticamente, sin ver la pobreza o la soledad de tantos otros. Eso me sucedió al volver de Centro América. Estaba cansada y un poco enferma, las últimas semanas en Nicaragua habían sido difíciles. Tuve un accidente en el pie y acababan de quitarme los puntos, todavía tosía con los restos de una bronquitis que se me complicó porque ya nos habíamos quedado sin antibióticos. Los repartimos entre los empleados de la casa de huéspedes que los necesitaban para sus hijos y esperaban a que se fueran los gringos, en viajes culturales como el nuestro, cuando los recibían de propina por haberse ocupado de nosotros.

Estaba pasando unos días en la costa de New Jersey recuperándome y recuperando las fuerzas para volver a las clases de la universidad que ya iban a comenzar en un par de semanas. Tumbada en la playa, cara al Atlántico, pensaba que al otro lado quedaba Europa y que ese verano no había ido a España, pero, sorprendentemente, no la había echado de menos en absoluto. Prefería haber hecho un viaje de estudio a Centro América, que uno de recreo a la vieja patria.

Debí adormecerme porque de repente sentí la sensación de estar todavía en Nicaragua. Delante de mis ojos se erguía ahora un edificio enorme, institucional, medio derrumbado, lleno de escombros por delante y a los lados, con las aperturas de las ventanas rotas, abiertas, sin cristales. Se podían ver los esqueletos de las habitaciones y los pasillos con algunas paredes pintadas de colores claros. No quedaba ninguna puerta ni detalles arquitectónicos, se ve que se los habían llevado, aprovechando la madera y otros materiales. Parecía exactamente uno de los edificios oficiales de la Managua destruida por el terremoto de 1972 y que se quedaron en ruinas para siempre. Pero no, no era Managua, era un viejo hotel americano, "The Christian Admiral," que estaban destruyendo para hacer lugar a más urbanizaciones al lado de la costa atlántica. El cartel que anuncia el proyecto lo dice: "Future site of the Admiral's Harbor, Condominiums."

La playa de New Jersey no se parece en nada a la de Pochomil que visitamos en Nicaragua. Aquí hay una playa ancha, metros de arena blanca y brillante que se extiende hasta el mar. Es toda expansión, claridad y luz; un espacio lleno de horizonte. El agua tiene un color gris plata, está fría, a pesar de ser el mes más caluroso del año. No hay ni un árbol; las palmeras no existen aquí, desde luego, pero no se ve ninguna otra vegetación ni en las casas lujosas de la primera fila que están rodeadas de piedrecitas en lugar de césped.

Se ven pequeños grupos familiares, pero están lejos unos de los otros, la playa da la sensación de estar casi vacía, aunque es época de vacaciones. Cada grupo tiene montones de artefactos a su alrededor: sombrillas para el sol, elegantes tumbonas de colores estridentes, neveritas, toallas, bolsas, juguetes, tablas para hacer surf, coches de bebés, piscinas portátiles, equipos de pesca, libros y revistas, cámaras fotográficas, radios, teléfonos inalámbricos; el único toque tropical es el olor a coco del bronceador. Casi todos los habitantes son rubios y, a pesar de las precauciones, su piel blanca está enrojecida por el sol. Los niños se entretienen con sus juguetes a la orilla del mar y los van dejando abandonados por aquí y por allá sin echarlos en falta. Me acuerdo de los niños pobres en las playas del Caribe, vendiendo caramelos o collares de hueso de tiburón y de conchas, esperando a que les dejáramos los restos del pescado —guapote se llamaba— que nos estábamos comiendo en uno de los chiringuitos donde sus madres trabajaban, mujeres de piel oscura con grandes bandejas sobre las cabezas, vendiendo queso:

—¡Quesillo, quesillo fresco! Gritaban.

No se come mucho en la playa de New Jersey, no hay bares ni establecimientos de comidas, cada uno se trae su propia merienda protegida de los elementos en sus prácticas neveras. Tampoco se permite que vengan los perros y que nadie se bañe si no hay salvavidas. Nosotros vimos hasta bueyes en Pochomil que los hombres llevaban a la playa para refrescarlos y los únicos niños que no estaban trabajando, se paseaban montados a caballo por la orilla del mar.

La playa más bonita que visitamos, y la más peligrosa también, fue la de Cahuita, una cala íntima y acogedora escondida entre los árboles, en la provincia de Limón, en Costa Rica, el lugar de nacimiento del escritor Joaquín Gutiérrez, aunque todavía no lo habíamos conocido. A pesar de la apariencia tan atrayente de esta playa, llena de palmeras casi hasta la orilla, con un agua azul verdosa, templada, como si fuera volcánica, había una resaca marina que casi se llevó a dos de nuestro grupo, los más decididos que se echaron al mar sin esperar a que llegáramos los demás. No había salvavidas, unos jóvenes, vestidos y todo, se lanzaron a rescatarlos. Después estuvimos bailando juntos hasta entrada la noche, la playa convertida en una pista de baile llena de cuerpos ondulantes y sones tropicales, con el mar rebosante de estrellas y de espuma a un lado y las palmeras meciéndose con nosotros al otro.

Muchas veces nos pasaba que la naturaleza nos engañaba; en Costa Rica, los espectáculos más sorprendentes eran los naturales. Así fue el día de la excursión al volcán Poás. Salimos temprano por la mañana, el campo emanaba frescura; estaba verde y húmedo. Es verdad lo que dicen que se parece a Suiza con vacas paciendo en los valles y pequeñas casitas como chalets formando caseríos. Los hombres ya llevaban varias horas de labranza; algunos estaban descansando comiéndose la burra, como llaman ellos al almuerzo por la mañana. Había amanecido con sol, el día más despejado hasta la fecha, lo que allí llaman el veranillo de San Juan, pero al acercarnos a la cordillera volcánica, nos íbamos acercando también a las nubes. Al llegar a la entrada del parque, la bruma lo envolvía todo y no podíamos ver nada, el volcán había desaparecido.

Decidimos ir andando entre los árboles hasta la laguna y lo mismo sucedía allí, tampoco se veía el prometido panorama. En un pequeño mirador, esperando a que el sol quemara la neblina, el Padre Dennis se puso a decir misa. Llenábamos el lugar entre los trece del grupo, el chófer, Reynaldo, nuestro guía, y su hijo Reycito que se nos había unido ese día. En algún momento tres chicos más pararon y se quedaron, respetuosamente, con nosotros. Todos participamos en la ceremonia, católicos o no, prácticantes o ateos. Hacía años que yo no iba a misa; con tantas a las que asistí en el colegio de monjas en España, no recuerdo haberme sentido tan emocionada. Estábamos todos a punto de comulgar con un trozo de pan, cuando, repentinamente, se abrió el cielo y allí detrás, como un mágico telón de fondo, estaba la laguna, con las fumarolas y las nubes bajas mezcladas en un gran torbellino, emergiendo del agua azulada y opaca.

De vuelta al volcán íbamos casi corriendo, aprovechando que se habían disipado las nubes. El Poás, rodeado de montañas cubiertas de lava volcánica negra y roja, ofrecía un aspecto lunar, sobrenatural casi. Era el primer volcán que yo había visto; después aprendí que cada uno tiene su propia naturaleza. El Irazú es quizás el más extraordinario, completamente desamparado, sin flora alguna a su alrededor, entre precipicios rocosos enormes, con sus dos lagunas: una completamente seca y la otra de un verde intenso como un gran cuenco de sopa de guisantes. El día que lo visitamos llovía y soplaba el viento con fuerza, tuvimos que ayudarnos unos a otros para no resbalar y caernos por un barranco.

El volcán Arenal parece totalmente inofensivo por su parte delantera, cubierto de vegetación, erguido hasta las nubes que se le enroscan en la cima como si fuera una diadema. Hay que visitarlo de noche porque está activo y se pueden ver los ríos de lava roja, candente, deslizándose por la falda rocosa de detrás. Lo que no nos advirtieron fue que también rugía y al oírlo en la oscuridad de la noche y sentirlo temblar bajo los pies, no era yo la única que sentía miedo. Puestos ya a hacer locuras terminamos la excursión bañándonos esa noche en las termas calientes del volcán que nos relajó muchísimo a todos. Joaquín Gutiérrez nos diría más tarde que el volcán Irazú es masculino y el Arenal, femenino; debimos preguntarle a qué género pertenecía el Poás, quizás tuviera un poco de ambos.

Además de la naturaleza, nos encantaron los ticos, los costarricenses tan acogedores y amorosos que nos sorprendieron cuando usaban el voseo en la intimidad. Yo tenía un par de amistades en San José; una compañera de estudios de la universidad y un matrimonio, Malene y Claudio, que eran amigos de mi familia. A través de ellos, y de los escritores que entrevistamos, íbamos conociendo rápidamente a mucha gente. Es una de las ventajas de Costa Rica —de San José en particular— como es pequeño, todo el mundo se conoce. Pero nadie me hizo tanta impresión como el escritor Joaquín Gutiérrez.

Yo desconocía su obra antes de llegar a Costa Rica, pero allí era de los más famosos. Me preparé leyendo sus novelas, *Manglar, Múramonos, Federico* y, sobre todo, *Puerto Limón* que sirvió de base para una de nuestras discusiones. Cuando nuestro grupo fue a Limón, nos dimos cuenta de que no todo el país era tan amigable. Antes de llegar a la costa a través de los interminables bananeros, una vez pasada la ciudad y la provincia de Cartago, donde visitamos la milagrosa Virgen del Oro, la carretera estaba cada vez en peores condiciones, hasta que se convirtió en un camino de tierra.

Era como si estuviéramos en otro país; de repente hacía un calor agobiante, podíamos ver mucha más pobreza y la población era mayormente negra. La misma ciudad de Puerto Limón se encontraba en estado de decadencia, a pesar de los grandes barcos de empresas americanas, con las banderas de Dole y Chiquita, anclados en sus puertos. Como en Managua, algunos hoteles habían quedado abandonados desde el último terremoto, pero también se podían ver, a través de grandes verjas, casas de lujo con sistemas de seguridad, hermosos jardines y piscinas. Estaba claro que, digan lo que digan todos los programas sociales del país más progresivo de Centro América, en Limón todavía existía el racismo y la explotación comercial. Los pobres no se habían beneficiado en absoluto del imperialismo yanqui y es que no es oro todo lo que reluce. La hostilidad de los habitantes contra los turistas era evidente y en el mercadillo un chiquillo nos tiró una piedra llamándonos gringos.

Recuerdo que pasamos frente a una iglesia donde se celebraba una misa fúnebre y desde la calle se podían oír las voces de los feligreses que en ese momento exclamaban:

—...Para que el Señor nos perdone todos los pecados...

En casa de Malene y Claudio, durante la velada con Joaquín Gutiérrez, les comenté mis impresiones de la visita a Limón y las diferencias que había notado entre la costa pacífica y la caribeña —que los ticos llaman atlántica. Aunque no querían admitirlo, tuvieron que reconocer con su sentido de responsabilidad política y social, que también en su país hay discriminación racial. Resultaba irónico que casi cincuenta años después de publicar *Cocorí*, el famoso cuento infantil sobre el bello niño negrito, estuviéramos discutiendo ese tema con su autor.

Después de haber oído hablar de él a escritores, libreros, ponentes, la llegada de Joaquín no dejó de tener cierto suspense. Es un hombre ya mayor, pero se mantiene vital, con la cabeza todavía llena de un pelo gris y ondulado, es muy alto, enjuto, narigudo, de un definido aire de familia con Claudio, su primo. Los dos iban vestidos formalmente con sendos trajes de chaqueta que no es lo normal entre los josefinos. Malene había preparado un verdadero banquete vegetariano, por si a mí no me gustaba la carne: unas bocas variadas —o sea unas tapas— una crema casera de pejibaye para primero, que es una fruta algo así como nuestros nísperos, y varias ensaladas frescas, con un dulce de tapa o de caña de azúcar para postre.

Joaquín empezó a contarnos por qué *Cocorí* se había publicado en Chile. Resulta que él se marchó a ese país por carambola, nos dijo. Estaba en el equipo de ajedrez durante un campeonato en la Argentina y él, que no quería de ningún modo volverse a Costa Rica, decidió irse a Francia donde tenía un pariente dispuesto a darle trabajo. Pero en ese momento estalló la Segunda Guerra Mundial y, como allí ya no podía marcharse, pidió que lo mandaran a Chile, donde llegó con la última platita en el bolsillo. Al llegar había que llenar un registro: nombre del padre, de la madre, fecha de nacimiento, profesión... ¿Profesión? no sabía qué poner, jugador de ajedrez le parecía poco formal. ¿Poeta? Con sólo dos libros de poesía publicados le parecía impertinente. Sin pensarlo más puso nigromante. El oficial se quedó mirándolo, pero no quiso preguntarle qué era eso de nigromante por no confesar su ignorancia y así, sin ningún otro comentario, entró Joaquín en Chile, donde se quedó casi treinta años y publicó varias de sus novelas.

Para seguir oyéndole hablar, se me ocurrió preguntarle qué pondría hoy en ese registro y me dijo, sin titubear, que pondría palabrero. Palabrero porque se ha pasado la vida buscando, encontrando, creando, recogiendo palabras. Es un pastor de palabras, las ama, las cuida, las estudia, las usa, las abusa, las pierde, las olvida, las recuerda, las colecciona, vive de ellas. Es palabrero, que fue lo que dijo cuando le hicieron finalmente doctor honoris causa en la Universidad de Costa Rica y le dieron un puesto de profesor.

Nos contó muchas más historias: cómo conoció a su mujer, Elena, y la sacó a bailar de por vida; cómo consiguió el trabajo de periodista en Chile cuando fue con un amigo que suspendió el examen de entrada y se lo ofrecieron a él; la cuestión de su nacimiento, de si es o no es limoncense; de si sus padres eran pobres o no, como afirma su hermana. Habló hasta las tantas encantándonos con su magia, como un nigromante palabrero que es él.

THE GARDENER IN CHERRY HILL

It seems that Peter always liked flowers, his favorite being gardenias. I had never met a man who had a favorite flower before, but then again, he was the first feminist I went out with too, so how was I to know what to expect? One of our early dates was in fact to the Philadelphia Flower Show, which is held annually and is quite famous, but even though I had already lived in Cherry Hill for several years, I hadn't heard about it. I remember that it was a snowy day outside and to come into the warm pavilion, smelling the strong fragrance and seeing the luscious flowers recreating a semi-tropical paradise (that year's theme) was like an out-of-body experience. It was spring somewhere else, no matter if our winter was holding on for too long.

He told me the story of when he was a teenager and decided to have a window box outside his room. Peter, as a good musician, wasn't adept with tools; he was afraid of hurting his hands and kept away from them. So one of his older brothers helped him build it which meant that the box had to be pretty ugly (I hate their taste). He wanted to plant carnations, not the ideal flower for a window box, I thought, but Peter had a plan. He envisioned how it would be if he were going out on a date; he would wear a jacket, reach out of the window, cut a carnation and put it in his lapel before making a bouquet for the young lady in question. Funny how things work out, he would still be sweeping women off their feet with flowers some thirty years later.

The window box never got to grow anything. No sooner had his father arrived home than he asked:

—What the hell is that? And made him take it down.

Peter, in his usual tranquil manner, wasn't upset; he just opened the window and kicked the box to the ground three stories below. But he didn't give up on flowers either, he planted hydrangeas (another favorite) by the front door of his parents' house and to this day they bloom in huge blue and purple blossoms that randomly cover a big part of the walkway.

The yard in Cherry Hill didn't have flowers or any personal history attached to it. It was just a big, suburban, back yard with green lawn and a few bushes and evergreens that had been planted by the developers of the sub-division. Ours was one of many lots exactly alike with its single family model home (in building terms, that is), two-car garage and a neighborhood swim and tennis club down the street. I found myself living there with my two daughters, newly separated from my husband, feeling more foreign than usual. Not only did I have my first teaching job, thanks to my brand new Ph.D. in hand, the two girls, and the expenses of this big home to tend to, but the yard had to be maintained to the standards of our snobbish neighbors. When I complained to my ex about my situation, his response was something like:

—Aren't you dating some guy? Ask him to take care of the lawn, then.

Little did he know that it would be like giving candy to a baby.

It started as a joke, but Peter, who at the time was living in a small apartment in downtown Philadelphia, said he had always wanted a yard to take care of, that he didn't mind, really, that it would be his contribution to the family.

He practically begged us for the job, not that we were in a position to be choosy, and he became our gardener in Cherry Hill.

It was an awkward, difficult moment of my life, after having lived as a couple for so many years, when a man with whom I had such a long history exits and another makes an unexpected entrance. I would have preferred to have been "really" single for a while, to have dated around, I used to say. It wasn't that I needed a room of my own, I had always found my own space to work in, it was more like a bedroom just to myself that I wanted. Even growing up in Spain I slept in a fold-down bed (I think you call it a Murphy bed in English) in the family room and I went from the university dorm to my first marriage during semester break. But one doesn't plan when to meet her second husband and Peter, from the very first, knew how to make himself indispensable.

And it wasn't that he made his way to my bedroom immediately, we did have some decorum to keep in front of the girls and our nosey neighbors. I remember the first time he actually came into the house in Cherry Hill. I had lectured the girls about being pleasant, none of those petulant pre-teen and teenager looks, please. Tina acted nonchalant to show me just how mature she could be, but her sister announced in clear terms that she would not come down from her bedroom if another man set foot in her house. She was hurting, of course, from her parents' recent separation and her sense of loyalty to her father was very real to her. I tried using her favorite adjective:
—Please think about it carefully. It would be "rude" if you treated a guest in your house that way. Would you like for me to do that when your friends come over next time?

I heard Tina warn her that I was capable of doing just that, she better come out and at least say hello. She didn't have to like him.

Peter arrived bringing some beautiful flowers (of course!) for the three graces and some mixed nuts (not knowing that Andrea was allergic to them). I had a fire going in the family room and the house seemed peaceful and charming. Tina was waiting to meet him and promptly started to sing and dance her part in the upcoming school play. She was going to be the Tin Man in *The Wizard of Oz*, not Peter's repertoire exactly, but one wouldn't have known from seeing his interested gaze at her leaps and screams. In fact we were so busy watching Tina's sneak preview that we didn't hear Andrea slip down the stairs and into the family room carrying her favorite book.

—Okay, you can read it to me now— she said, plopping herself next to him on the sofa.

It's one of the scenes of our new history that have gelled in my mind. Peter reading rhythmically *Where the Sidewalk Ends* by Shel Silverstein to Andrea, who corrected his every mistake (and there were several) and his intonation since she was used to my Spanish singing voice, saying:

If you are a dreamer, come in.
If you are a dreamer, a wisher, a liar,
A hoper, a prayer, a magic bean buyer.
If you are a pretender, come sit by my fire
For we have some flax-golden tales to spin.
        Come in!
        Come in!

He read her, upon request, "The Gypsies Are Coming," "Hug O'War," "True Story," "What a

Day," and, probably, "For Sale" about having a sister for sale.

The evening wasn't without incidents: the girls managed to get extremely giggly over dinner spilling the cranberry juice on Peter's leg, the cat made a terrible racket in the laundry room where it was hiding and Andrea said in a not so quiet voice to her sister that Peter wasn't as ugly as I had said he was. I remember thinking at times that this man would be crazy to come back at all and he hadn't even started doing our lawn.

Soon he began staying over weekends, sleeping (for a couple of minutes anyway) in the guest room. He did all the things that my ex had been too angry to do lately, before moving to California: watching movies with the girls, taking them to the park to play catch, attending their school activities, cooking their favorite junk food (without tomatoes not to incur Andrea's wrath), getting them a dog (I haven't quite forgiven him for that yet), teaching Tina how to drive. He even took Andrea and her rag doll to Carnegie Hall in New York for one of his concerts, despite the fact that he couldn't play "Rhinestone Cowboy," Andrea's favorite tune. Baby Beans went along in Peter's guitar case, but only came out on the ride home. Andrea was at an endearing age; old enough to want to go, but not so big to dare venture away without the safety of her old doll.

More importantly, Peter made me laugh. I remembered many good and some not so good times with my first husband, but I had never laughed with him the way Peter and I did. He would tell me bedtime stories to soothe my insomnia, which had worsened with the separation. Since he is always listening to National Public Radio, he had lots of long, boring, shaggy-dog stories to whisper in my ear at night. A couple of times I even fell asleep by mistake while he was actually telling me sweet-nothings with other intentions in mind:

—Hey, lady, you really know how to make a guy feel good, don't you?

Once, still early in this living arrangement, he arrived while we were at our very worst: straightening out the house. I should say that with our new budget, along with the gardener, we had to let go of the cleaning woman and the Alborg girls are infamous for their relationship with a vacuum cleaner. Andrea made it very clear that it was "unfair" (another favorite adjective) that Peter never had to clean while he was plenty messy. Probably the smartest move he made in the courtship of the three Rhine maidens was making it his contribution to the household, in addition to taking care of the yard, to rehire Linda to clean our place.

In turn we put up with his constant practicing, his radio programs broadcasting wherever he went (including the shower), not to mention his continuous attempts at educating us about opera and string quartets. Between the choice of the teenagers' music and his, I just wanted to hear some silence. I didn't need another set of in-laws either, having just gotten rid of my stiff New England out-laws, and, to make matters worse, Peter's family all lived in the area.

Sometimes he'd lose his patience with us too, it wasn't easy this total immersion into family life for a reputable bachelor like himself. He had to ask us not to run the washing machine while he was practicing in the basement for fear that he was starting to play at the rhythm of the spin cycle. He had to install his own phone line in order to get any calls through and marked a demilitarized zone in the kitchen for his espresso machine. But he didn't have it so bad, Ollie, his canary, sat proudly in the living room which had been designated off limits to the cat and his bromeliads grew nicely enjoying the house's southern exposure.

Something that endeared Peter to me instantly was the intimacy of sharing Spanish as a common language. During my first marriage, we hadn't spoken it much at home in consideration to the girls' father, but that quickly changed. Now I had three little gringos to help with their subjunctive. Peter and Andrea had a running vocabulary battle at the dinner table. They would search for difficult words all day and use them hoping to trump each other. I think that "buzón" was one of Andrea's downfalls, but she got even with him with "pestañas":

—Can you imagine someone who knows how to say mailbox, but has no clue what "pestañas" are...? She would say batting her own eyelashes shamelessly.

Often the girls didn't think our Spanish jokes were funny. In one of his most obvious lines, Peter had called me a jewel and, after meeting my daughters, confirmed that our house was really a jewelry store. He then had a wooden sign made on one of his trips which we hung over the fire place with "La Joyería" written on it. They hated having to explain to everyone what it meant, they found it so corny and rightfully so.

My girlfriends were mixed in their evaluation of the new man in my life. Selena, who had been so critical of my husband, urging me to separate, warned me against musicians and their fickleness. Peter was puzzled. Here he was practicing the same instrument every single day of his life for at least three hours and she had called him fickle. Cristina had a strange reaction when she met him too:

—It's like being with one of our friends, with one of the girls, she said.

I didn't know what to make of her comment, but when I told him about it, he took it as a feminist would, a compliment indeed.

The real shocker was for my family in Spain. It was bad enough that I had just separated as my father and brother had done, but when we showed up acting as if we were on a honeymoon, without the girls, who had gone to California to see their father, I could hear their tongues wagging. I don't think they had a better opinion of musicians than my friend Selena did and the fact that he was Jewish didn't help one bit with the conservative faction in Valencia. We pretty much kept to ourselves staying at El Escorial, enjoying our new found happiness and going into Madrid only for specific occasions like a dinner with my old friend Jordi or looking for a Gisela doll in El Rastro flea market.

When we married, we decided to move from Cherry Hill. No one felt a particular attachment to that place and we wanted to start a new life in Philadelphia. Peter took great pride in getting our house ready for sale. Not only did he fix the yard according to the perfect standards of suburbia, but he touched up a lot of the paint scuffs on the walls, took off the worn carpet from the stairs and did some other handy repairs.

—Not bad for a musician, huh? Do you think that Andrés Segovia ever mowed his lawn?

No, just like a college professor like myself in Spain wouldn't have to do all this work around the house either, I was sure of it.

Now, Peter loves the yard in our home. It isn't quite perfect, but it has big old silver maples and elm trees full of birds that bathe and sing all around us. There are perennial flowers, rhododendrons, azaleas and yes, we do have hydrangeas although they are white and not quite as bushy as he'd like. He grows roses, lilacs, lilies and peonies that we can smell from inside the

house. He still takes care of our lawn. We've
tried some professional services and some
neighborhood kids, but no one else seems to be
able to keep the yard to his taste. He likes coming home, plugging his radio in his ears and
mowing the lawn before dinner. I see him walk
back and forth from the sun room windows, ab-
sorbed in thought. He has a happy expression on
his face. When he comes in, he tells me how
green the grass is looking this year and I say
"lovely," as if I care as much as he does.
—Listen, my Scheherazade tells me, I just heard
the best story on the radio, it'll be your bedtime
story tonight, okay?

CHERRY POINT, NORTH CAROLINA

"May 17, 1997, Saturday. On our way to Beaufort, North Carolina, we stopped at the Marine Corp Air Station in Cherry Point where Tina was born. It's a huge place, nothing like I remember it was nearly thirty years ago when I lived there. We almost couldn't get in —Peter doesn't exactly look like a marine— we needed a pass just to be allowed inside the base to take a look. I told them that I have a daughter who was born at the base hospital, that I was married to a captain and, since it was Mother's Day, they finally agreed to let us in for thirty minutes. We didn't stay half that long, I felt so overwhelmingly strange, sick to my stomach almost. I couldn't imagine what it must have felt like to live there, completely isolated from the real world, without friends nor relatives, newly married, so far away from Spain. I felt as if I had been reincarnated. There is no doubt that I have lived another life, much more foreign than my present one, which I hardly ever mention; it's a time that I rather not think about, it's a part of my past that even some of my friends don't know existed. I must have some sort of a block about it."

I reread my journal entry now and wish I had taken a closer look. I should have checked if my old address still existed, 68 Henderson Drive. We lived in base housing; rows and rows of bungalow-like twins nestled against the pine trees, just at the end of one of the runways. We could hear the jets take off and land roaring at any time of day and night. We got used to it. I liked it almost, it was reassuring that everything was going according to schedule. I got to be a good enough expert to be able to differentiate between a T-39, a T-1 or the plane that Dieter flew, the F-4 Phantom. I could get dinner ready when I heard the planes land or I would think good bye if the squadron was going on deployment. Ultimately everyone's schedule was the same: waiting for orders to leave for Vietnam.

The men had gone to flight school in different places —the Navy base in Pensacola, Florida, had been our destination— and now with their newly earned wings were eager to see combat. There were no questions asked, we hardly ever talked about the war. Of course they wanted to go, they had trained so hard and so long just for an opportunity like that to serve their country and prove themselves. They were as proud and gung ho as any marine could ever be. They were all young, strong, trim and cold.

The wives were there for support; we were proud of our husbands and accepted our fate. I was lucky to be expecting our first child, I would have someone to hold on to if anything happened to the father to be. Besides it would keep me busy while he was in country (this means in Vietnam, it's amazing how the lingo is coming back to me as I write). I was also lucky because my husband had agreed to defer his departure until the baby was born, not like other classmates of his who perhaps were more dedicated or their wives stronger.

We really lived separate lives, I remember more about my women friends than married life itself. The men were training for war, the women were playing house. We didn't have our own furniture yet, but I took care of the regulation furnishings as if they were ours; our place was neat and clean, I liked that it was shady. I couldn't get used to the humid heat of North Carolina, though, which I especially noticed since I was pregnant. In the afternoons, I used to sit in our back yard under the pine trees reading until I'd fall asleep for a short nap between jets landing and taking off.

If it wasn't because I feel silly admitting it, I'd say that I even had some fun times as a Marine Corps wife. We used to go to the officers' club for luncheons. There were monthly fashion shows and we thought we looked pretty fashionable ourselves. We wore big hats and white gloves, refined ladies that we were. I had learned how to make my own clothes, since the PX was the only store around and there wasn't anything there I liked, especially in maternity wear. The only other option was the Sears catalog which I actually used to buy my sewing machine.

I have black and white pictures in an old album, but I know what colors the outfits were. I had at least four hats: the hot pink in a turban style, the aqua blue with the wide rim, a white one that looked exactly like an upside-down potty and the polkadot one which later on I wore to Tina's christening. I had several dresses to go with each hat, always perfectly coordinated, I had a reputation to keep and hardly ever wore the same clothes to these important affairs. Kissy Tutton and I would discuss our wardrobes as carefully as if they were martial plans. I used to imitate her South Carolina accent —you'd think I didn't have enough problems with my own accent:
—I just don't have anything to WIRE!

There were many other activities held at the officers' club. The general's reception was very important, a truly gala event; the men wore their white uniforms, I guess the military counterpart of a civilian black-tie affair. There was happy-hour every Friday, a more casual atmosphere in the same old stuffy place. The women's arts and crafts fairs were also held there, squadron parties and the most important, the Marine Corps birthday ball. The women would spend months planning their gowns. I made a pink, beaded, empire waist pattern with a matching coat that weighed a ton, when the last thing I probably needed was to carry anything more.

Life at a Marine Corps base wasn't without dangers, though. There was a time when the wives were terrorized by a peeping Tom (I had to learn the term) who was preying on the women while the husbands were on flight missions or deployed somewhere. It was pretty obvious that it was an insider, since he seemed to know exactly when to strike. When I was alone, I was afraid to open the windows at night despite the oppressive heat. I used to go down the street to watch "Peyton Place" with some friends, but I had to stop doing that too. After months of speculation and fear, the peeping Tom turned out to be our next-door neighbor, a Military Policeman married with two small boys. I didn't get to say good-bye to Alice, they were gone practically overnight. I wonder whatever happened to them.

One event has stuck in my mind after all these years. It was called "Mad moment." It was held at night, we had to wear helmets and sit on bleachers in the middle of a landing strip. Our husbands wore camouflage gear and their faces were smeared with grease. We could hardly recognize them, all we could see in the dark night, was the white of their eyes. The madness of the moment consisted of reproducing for the families what it was like to be at war during an enemy attack. All kinds of explosions, firearms displays and coordinated exercises took place in front of us as we cheered on with pride. I think with horror now at the idea of how many of those women and children —some who, like mine, were not yet born— were left without husbands and fathers from a real mad moment of war.

In preparation for living without a man, I took driving lessons while we were stationed in Cherry Point. It seems hard to believe now, but I wasn't the only wife learning how to drive. Usually I went to the commissary and the PX on weekends and I got a ride from a friend to the different events. I hardly ever ventured outside the base gates. There was a funny incident when I went to take my driver's test. A big, fat policeman asked me to quit kidding when I told him that my name was Conception Day, with my huge belly sticking out in front of him. No wonder that I officially changed my first name from Concepción to its popular short, Concha, when I became an American citizen, hoping that it would help me blend in better, and that I went back to my maiden name when I divorced, trying to forget the "good old days."

Sylvia F. took driving lessons with me. She was expecting too, her fourth child; I noticed that there were many large families in the military. As it was with all those people that I met in my prior life, I have no idea whatever happened to them. A phone call from my ex-marine alerted me that my old friend Sylvia was on the cover of *Life* magazine. And there she was, looking totally different, but not so much that I couldn't recognize her, heading a commission of MIA wives who were reporting to the US Congress. I read in disbelief that Hugh was one of the many flyers who had disappeared in North Vietnam and were never heard from again, mocking the line we used to hear as Marine Corps Aviator Wives that our husbands would either come back in one piece on their feet or feet first, with their dog-tags between their teeth as they were placed for identification. No mutilated bodies, or terrible wounds as if they were ground troops: something else to be thankful for.

I had two memorable visits while living in Cherry Point. My parents came while my husband was in Puerto Rico on a last training mission before going to Vietnam. They were the first family visitors I entertained, I hadn't seen them since my wedding in Madrid two years earlier and I was anxious for them to view me in my role as a married woman. They arrived in a brand-new red VW bug that they had shipped from Europe. My mother was already ill, but we couldn't guess then her untimely death. She was particularly excited at the prospect of being a grandmother. My father was silent a lot of the time, as he can do when he's thinking, he'd read quietly under the pines, giving my mother and me lots of time to talk.

We shared a new common bond, not just as wives, but my expectant motherhood was uniting us as we hadn't been before. I had never really asked her until then about recipes or female health issues or, certainly not about child care. I had learned just by observing her, I'd often catch myself doing things around the house that she had always done herself. But this time it was different, we had a purpose, she helped me get a few things ready for the baby's room. She couldn't believe that her own daughter had bought unfinished furniture —the first pieces of our own— and had painted them in white with yellow and orange accents. I had also made curtains in yellow gingham and had sewn all kinds of receiving blankets, bibs and other baby clothes.

It had been decided that I would move back to Indiana to live close to my parents while Dieter was in Vietnam. In fact I rented an apartment in the same area where they lived. In retrospect, although having my parents' support meant so much to me, I think now that in other ways it was a mistake to leave the base where there were so many other women in the same situation who understood what we were going through. On a college campus, in the midst of students protesting the war, I was an oddity; I couldn't even tell people that my husband was a marine for fear they would criticize me, and all the while I felt that I was making a great sacrifice for their country, because it certainly wasn't my country, but this is another story.

My parents and I spent some time at the beach on the Outer Banks while they were in North Carolina. We went to the same places that Peter and I just visited on this sentimental journey last Mother's Day. My mother always loved the ocean, she used to take my brother and me in Valencia when we were kids, the sea air being so good for us, she believed. I look at the pictures of that visit so long ago, and my stomach really looks big in a bathing suit, but I look pleased, not trying to hide it at all.

The other visit was of the official kind. I was home alone fixing myself some lunch, I was hungry all the time. Some of the men Dieter had trained with had already left for Okinawa on their way to Vietnam and the baby's arrival was eagerly expected for more than one reason. What looked like an unmarked, official white car pulled up in front of our house, two men in civilian clothes stepped out. I knew that wives received visits like this to be notified about their husbands' tragic accidents, but mine had just left that very morning and he wasn't even scheduled to fly that day. I was terrified.

It turned out that my visitors were from the U.S. Immigration and Naturalization Service. I had lots of trouble with my visa, since I came in as a student with my father's Fulbright appointment and I had changed my status. Due to our many moves during the last two years, my papers had gone from Virginia to Mobile, Alabama back and forth to Washington without getting resolved. Then we found out that in order to fly over North Vietnam, the flyers needed top security clearance and my lack of a green card was hindering that process. No problem, I signed the papers I needed, which were delivered to me within a couple of weeks, right there on our kitchen table. Who ever said that bureaucracy doesn't work fast!

The base hospital wasn't quite as efficient. There were no appointments or personal doctors for the family members. We just went to sick call, took a number and waited however long for our turn. Pregnant women had a separate area, but it was equally as depersonalized. I never knew which doctor I was going to see each time I went. I had to grow up in a hurry. Who would have thought that I could lose my modesty with doctors in such a short time. I could go on about the delights of pregnancy on a military base, but then again I don't know how it differed from a civilian hospital. It was before fathers became involved in the process after the moment of conception, that is (oops, there is that word again!).

Suffice it to say that when the baby's birth was imminent, my husband dropped me off at the hospital and was told that he'd be the first one to be notified. The baby was a couple of weeks late which created lots of tension given the situation. I had been induced that morning so it wasn't a surprise when labor pains started right after dinnertime. I remember very well that it was shortly after eleven when we arrived, just as the nurses were leaving for the midnight shift, a corpsman would take care of me. He wished me goodnight, turned off the light and closed the door; he would be right down the hall.

This time I was really lucky though. I was just beginning to doze off when my water broke and the contractions started at a furious pace. It all happened so fast that the baby's head was showing by the time the doctor on duty was summoned and he arrived in the delivery room. Tina's birth was recorded at 1:21 A.M. I was taken to my room and, again they wished me a good night. They would call the father and give him the good news, he, in turn, would call our parents.

I didn't know how he would take it, at least now he could leave for Vietnam, but I was pretty sure he'd preferred a son. He wanted to continue the family tradition, his father had been a colonel in the Marines too, had fought in World War II and had distinguished himself in the battle of Guadalcanal. But I was so glad that it was a girl; I had wished so much to have a daughter that I felt guilty, I was crying for joy, sheer relief and joy.

We moved from Cherry Point on Valentine's Day, exactly two weeks after Tina was born. The sergeant who bought our old Rambler took us to the airport for the flight to Indiana. We changed planes in Washington D.C. It was a snowy night and the planes were delayed, it was snowing in the Midwest too. Tina started to cry as only newborn babies can do. I used to think that the diaper pin must be stuck in her, she'd cry so loud, but she was probably just hungry. Her father advised me that it didn't look good to have a marine in uniform with a crying baby in public, I better go somewhere to take care of her. I was sitting in the ladies' room feeding her when I heard our flight being called.

Other Titles Published by

Ediciones Nuevo Espacio

Benedicto Sabayachi y la mujer stradivarius
Hernán Garrido-Lecca - Peru
Buenos Aires
Sergio Román Palavecino - Argentina
Como olas del mar que hubo
Luis Felipe Castillo - Venezuela
Correo electrónico para amantes
Beatriz Salcedo-Strumpf - Mexico
Cuentos de tierra, agua.... y algunos muertos
Corcuera, Gorches, Rivera Mansi, Silanes - Mexico
En compañía de Angeles
Julio Angel Olivares Merino- Spain
Exilio en Bowery
Israel Centeno - Venezuela
La lengua de Buka
Carlos Mellizo - Spain
La última conversación
Aaron Chevalier - Spain
Los mosquitos de orixá Changó
Carlos Guillermo Wilson - Panama
Melina, conversaciones con el ser que serás
Priscilla Gac-Artigas - Puerto Rico
Prepucio carmesí
Pedro Granados - Peru
Ropero de un lacónico
Luis Tomás Martínez - Dominican Republic
Simposio de Tlacuilos
Carlos López Dzur - USA Latino
Todo es prólogo
Carlos Trujillo - Chile
Under False Colors
Peter A. Neissa - USA (Eng.)
Un día después de la inocencia
Herbert O. Espinoza - Ecuador

Viaje a los Olivos

Gerardo Cham - Mexico

Visiones y Agonías

Héctor Rosales - Uruguay

Yo, Alejandro

Alejandro Gac-Artigas - Latino - USA (Eng.)

Academia:

Caos y productividad cultural

Holanda Castro - Venezuela

The Ricardo Sánchez Reader / CDBook

Arnoldo Carlos Vento - USA

http://www.editorial-ene.com
ednuevoespacio@aol.com
New Jersey, USA

Available at:
www.editorial-ene.com
www.amazon.com
www.bn.com

CPSIA information can be obtained at www.ICGtesting.com
Printed in the USA
BVOW020109130912

300293BV00001B/6/A